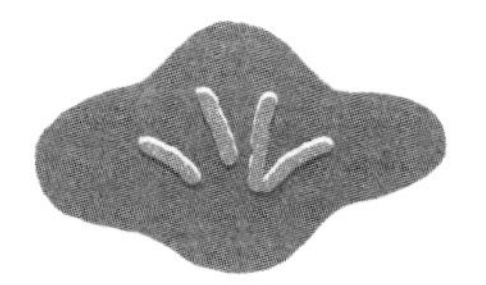

너를 ≫≫ 위한 ≫≫ B컷

● REC

이금이 장편소설

문학동네

차례

총량의 법칙 ···· 7
포카리스 ···· 18
별자리로 초대합니다 ···· 25
관찰자 시점 ···· 35
언박싱 ···· 47
삭제된 메시지입니다 ···· 58
새해 첫날 ···· 68
편집 ···· 79
그린라이트 ···· 90
바이러스 ···· 105
검은 화면 ···· 112
안부 ···· 124
모르는 일 ···· 132
아는 일 ···· 140
너를 위한 B컷 ···· 151
작가의 말 ···· 163

총량의 법칙

"어디서 연락 올 거 있어?"

엄마가 막걸리 잔을 든 채 나를 빤히 보았다.

"왜?"

나는 콜라 캔을 입으로 가져가며 되물었다.

"자꾸 휴대폰 보길래."

티가 났나? 나는 지금 서빈이의 연락을 기다리는 중이다. 9시쯤 편집한 영상을 보냈을 때 서빈이는 30분이나 지나서 답을 해왔다.

— 나 과외 중…. 보고 나서 연락할게.

그게 언제라는 건지 궁금했지만 과외받고 있다는 아이한테 더 물어보기가 어려웠다. 그나저나 토요일 밤까지 과외라니. 공부 잘하는 애는 역시 다르다. 동시에 기말고사가 2주 뒤인데 남의 유튜브 영상이나 편집하고 있었던 나 자신에게 자괴감이 들었다. 뭐, 그렇다고 그 시간에 공부를 했을 것 같지는 않지만.

아무튼 그 뒤로 한 시간이 훌쩍 넘었다. 아직도 과외 중인가? 아니면 편집이 마음에 안 들어서 답을 안 하는 건가? 다른 애들한테도 보여 줬을까? 답이 늦어질수록 점점 더 신경 쓰였다.

"최선우, 웬만하면 가족 회식 때는 휴대폰 보지 말자."

아빠가 나한테 핀잔을 주며 엄마와 막걸리 잔을 부딪혔다. 나는 대답 대신 김치전을 크게 찢어 한입에 넣었다. 오징어가 듬뿍 들어간 아빠표 김치전은 엄마도 나도 좋아하는 거였다. 폭풍 흡입을 하면서도 내 신경은 온통 휴대폰에 가 있었다.

"오늘 행사 치르느라 고생 많았어."

아빠가 새로 부친 김치전을 먹기 좋게 찢어 놓으며 엄마에게 말했다.

"당신도 안주 만드느라 수고했어. 영상 만들어 준 아들도 고맙고."

개관 1주년 기념 행사를 무사히 마치고 온 엄마는 홀가분한 표정이었다.

시립 도서관에서 사서로 일하던 엄마는 1년 전, 새로 개관하는 작은 도서관 관장으로 자리를 옮겼다. 관장이니 그냥 사서로 일할 때보다 편할 줄 알았는데 실제 사정은 그 반대였다. 부족한

인력과 예산 때문에 고심이 컸고 야근이나 휴일 근무도 더 자주 했다. 내게도 도서관 행사에서 사용할 피피티나 영상 같은 걸 만들어 달라고 하곤 했다. 오늘 행사에 쓰인, 지난 1년 동안의 활동을 되짚어 보는 영상도 내가 만들어 주었다. 책이 좋아 사서가 됐는데 책을 읽을 때보다 들고 옮길 때가 더 많다고 푸념하면서도 엄마는 자기 일에 진심이었다.

평생 사서로 산 엄마와 달리 아빠는 직업을 여러 번 바꿨다. 그리고 그때마다 새로운 일과 사랑에 빠졌다. 지금은 인천공항에서 일한다. 아빠 직장이 공항이라고 하면 비행기 조종사냐고 묻는 사람들이 많다. 아빠의 일터는 하늘이 아닌 땅이다. 공항 시설 관리 사업소에서 일하는데 겨울의 주요 업무는 제설이다. 정확하게는 제설차를 운전하는 일인데, 아빠는 뻥 뚫린 활주로에서 제설 작업을 할 때가 가장 좋다고 했다. 가슴까지 시원해지는 것 같고, 특별한 공간이 주는 신비로움이 있다나.

"참, 혹시 미호한테 연락 안 왔어?"

엄마가 김치전에서 빠져나온 오징어를 집어 먹으며 물었다. 뜬금없이 등장한 이름에 어리둥절해진 나는 엄마에게 되물었다.

"권미호? 걔가 지금 왜 나와?"

한때 같은 아파트 같은 라인에 살았던 미호는 유치원과 초등학교 동창이자, 내 가장 친한 여사친이었다. 6학년이 끝나 갈 무렵, 미호네가 근처에 재건축한 아파트로 이사 가고 중학교도 그 쪽으로 배정받으면서 멀어졌다. 엄마는 미호 엄마와 가끔 연락을 주고받는 것 같았지만 나는 초등학교 졸업 후 그 애와 어떤 식으로든 연결된 적이 없었다.

"내가 얘기 안 했나? 미호, 우리 도서관에서 봉사 활동 하잖아. 한 달 넘었어."

엄마 도서관이 미호네 아파트 단지와 가깝기는 하다. 엄마는 할 일이 많다면서 나한테도 종종 봉사 활동을 부추겼다. 하지만 나는 도서관도, 책도 싫다. 열 살 무렵까지 엄마가 일하는 도서관에 따라가 지겹도록 책을 봐서 물렸다. 사람의 삶에는 뭐든 정해진 양이 있다는 인생 총량의 법칙상 독서에 한해서는 그때 다 채웠다고나 할까.

"미호는 지금도 책 좋아하나 보네."

아빠가 말했다.

"응. 어쩜 그렇게 잘 컸나 몰라."

엄마에게는 독서량으로 그 사람의 됨됨이를 평가하는 직업병이 있다.

"오늘 도서관에 왔었는데 네 번호 물어서 가르쳐 줬어. 미호는 바뀐 번호 모르더라."

"엄마가 먼저 내 이야기 했지?"

그러지 않고서야 미호가 갑자기 내 번호를 물을 리 없었다.

"아무 얘기 안 했어. 도서관 홍보 영상 네가 만들어 줬다는 얘기밖에……."

나는 엄마 아빠가 어디 가서 내 이야기를 하는 게 싫다. 그 사실을 아는 엄마가 내 눈치를 보며 말끝을 흐렸다.

미호가 내 번호를 왜 물었는지 궁금했지만 표를 내지 않았다. 아들과의 대화에 목말라 있는 엄마 아빠에게 미끼를 투척하고 싶지 않았다.

"미호 걔, 우리 선우한테 관심 있는 거 아냐?"

아니나 다를까, 아빠가 김칫국 발언을 했다. 계속 일어설 기회만을 엿보고 있던 나는 아빠의 말을 핑계 삼아 벌떡 일어났다. 의자가 요란한 소리를 내는 바람에 움찔했지만 개의치 않는 척하고 방으로 들어갔다. 나는 지금 사춘기의 총량을 채우는 중이니까.

실은 6학년이 끝날 무렵 미호에게 고백했다 차였다. 좋아서 한 고백이라면 억울하지나 않지. 6학년 말, 우리 반 애들의 주요 관심사는 '모쏠' 탈출이었다. 모쏠 탈출이 어린이 탈출의 증표인 양 교실에선 사랑의 작대기가 정신없이 날아다녔다. 고백, 이별, 양다리, 환승으로 열기 가득한 분위기 속에서도 나는 초연했다. 여자친구 사귀는 것보다 게임에 더 흥미가 쏠려 있었기 때문이다.

그런데 경모가 날 흔들었다. 미호가 나를 좋아한다나. 유치원 때부터 친하게 지내는 여사친일 뿐이라고 아무리 말해도, 미호가 나를 좋아하는 열몇 가지 증거를 대며 자기 촉을 믿으라고 했다. 경모가 자꾸 우기니까 귀가 솔깃해졌다. 미호는 모든 남사친, 여사친을 통틀어 나와 가장 잘 통하는 아이였다. 혹시 그동안 미호가 날 좋아해서 맞춰 준 건가?

이름 한자가 아름다울 미와 빛날 호라는 미호의 별명은 당연히 구미호였다. 나는 그 별명을 한 번도 부르지 않았다. 누구에게든지 상대가 싫어하는 짓은 하면 안 된다는 말을 엄마 아빠한테 귀에 딱지가 앉도록 들으면서 자랐기 때문이다. 언젠가 미호가 그런 나를 칭찬했던 일도 떠올랐다. 슬슬 경모 쪽으로 믿음이 기울었다.

"아까부터 너를 자꾸 힐끔거려." "네가 고백하기만을 기다리고 있을걸." "너라도 빨리 모쏠 탈출해라."

경모의 채근에 종업식을 하루 앞두고 미호에게 톡을 보냈다. 좋아한다고. 사귀자고. 경모가 부추기지 않았으면 결코 일어나지 않았을 일이었다.

— 너, 모쏠 탈출하려고 이러는 거지?

미호는 절친답게 내 속셈을 단번에 꿰뚫어 보았다. 나는 아니라고 하지 못했다. 우물쭈물하는 사이 답이 왔다.

— 미안. 난 너를 남사친 이상으로 생각해 본 적 없어.

그건 나도 마찬가지라는 깨달음과 함께 식은땀이 쫙 흘렀다. 그때를 생각하면 지금도 얼굴이 뜨거워진다. 미호네가 이사 간 덕분에 아파트 엘리베이터에서 마주칠 일이 없다는 게 그렇게 고마울 수 없었다. 죽고 싶게 쪽팔렸을 뿐 거절당한 것 자체는 나쁘지 않았다. 나는 정말 여자친구보다 게임이 좋았다. 하지만 그 일로 제일 친한 여사친과 남사친을 동시에 잃었다. 미호는 절대로 마주치고 싶지 않은 아이가 되었고, 그렇게 만든 경모는 내가 손절했다.

명제가 게임을 하자고 했지만 서빈이한테서 언제 연락이 올지 몰라 거절했다. 11시가 다 돼 가고 있었다. 너무 잘라 냈나? 한 시간이 넘는 영상을 9분짜리로 줄였다. 기분 나빠서 연락을 안 하는 건가? 설마 문상을 안 주는 건 아니겠지?

서빈이에게서 처음 톡이 온 건 일주일 전이었다. 같은 반이지만 2학년이 끝나 가도록 개인적으로 연락한 적은 한 번도 없는 사이였다. 서빈이는 공부, 운동, 외모, 인기, 어느 것 하나 빠지는 게 없었다. 그런 아이가 나에게 자기 유튜브에 올릴 영상을 편집해 달라고 했다.

진로 활동 시간에 유튜브 크리에이터가 와서 강연을 한 적이 있었다. 비싼 장비 없이 휴대폰으로 촬영하는 방법을 설명해 주었는데 그 어느 때보다 아이들의 반응이 뜨거웠다. 영상 편집에 관심 있는 나도 흥미롭게 들었다. 그 수업 후 몇몇 애들이 유튜브 채널을 만들었다. 브이로그를 찍는 아이들 때문에 한동안 교실이 소란스러웠다.

서빈이도 '써빈로긴'이라는 채널을 만들어 일상 브이로그를 몇 개 올렸다. 기대하고 봤는데 별 내용도 없고 편집과 자막의 수준도 형편없었다. 시작하고 두 달이 지나도록 구독자 31명에 조회수도 40회 언저리였다. 서빈이가 학교에서 가진 존재감에 비하면 너무 미미한 숫자였다.

나는 서빈이가 자존심에 상처를 입고 얼마 안 가 그만둘 거라고 생각했다. 그런데 그만두기는커녕 내게 편집 요청을 해 온 거였다. 튀지 않는 삶을 지향하고 있는 나로서는 반에서 제일가는 '인싸'와 엮이는 게 부담스러웠다.

— 자신 없는데….

— 시간 없는 것보단 훨 낫네.

자신 없다는 말을 시간 없는 것보다 낫다는 말로 받다니. 이런 재치가 유튜브 영상에서는 잘 안 보였다.

— 퀄리티는 가을 현장학습 영상이나 조별 과제 정도면 돼.

가을 현장학습으로 놀이공원에 갔었다. 담임 선생님이 문화상품권을 걸고 현장학습 영상 콘테스트를 열었다. 무료 편집 프로그램을 시험해 볼 겸 만든 내 영상이 1등을 했다. 그 뒤 사회 조별 과제 때도 내가 만든 영상으로 우리 조가 1등을 했다.

그 수준이면 된다는 말에 마음이 살짝 움직였다. 사실 월수금에만 학원을 다녀 시간은 널널했다. 그런데 설마 거저 해 달라는 건 아니겠지? 내 생각을 듣기라도 한 듯 서빈이의 톡이 올라왔다.

— 많이는 못 주고, 모바일 문상 2만 원. 어때?

내 일주일 용돈과 같은 액수다. 일의 양을 따져 볼 겨를도 없이 2만 원에 혹했다. 하지만 여전히 망설이고 있는데 서빈이가 또 물어 왔다.

— 근데 혹시 영상 학원 같은 데 다녔냐?

— 아니. 그냥 혼자 배운 건데….

영상 편집은 엄마의 손목 인대 수술에서 시작되었다. 지난봄 엄마는 도서관 장서 정리를 하다 삐끗해서 손목 인대가 파열됐다. 엄마가 퇴원하는 날 선물을 해 주고 싶었지만 꽃 한 송이 살 돈이 없었다. 월요일마다 받는 용돈은 늘 금요일이 되기 전에 떨어지는데 엄마의 퇴원은 일요일이었다. 궁리한 끝에 영상을 만들어 선물하기로 했다. 내가 유치원 때 만들어 준 종이 카네이션을 지금까지 간직하고 있는 엄마이니 아들의 정성이 들어간 거면 무엇이든 좋아할 게 분명했다.

나는 컴퓨터와 휴대폰에 있는 가족사진과 동영상으로 퇴원 축하 영상을 만들었다. 애정 표현으로 도배한 자막을 입히고 엄마가 평소 즐겨 듣는 올드팝을 비지엠으로 깔았다. 처음이라 어설픈 영상이었는데도 엄마는 감동의 눈물을 흘렸다. 그러고는 그 영상을 친척들 단톡방에서는 물론 지인들한테까지 자랑했다. 안양 할머니 생신 때는 할머니 할아버지를 위한 영상을 만들어 달라고도 했다. 친척들이 모두 모인 자리에서 엄마가 TV로 영상을 튼 덕에 칭찬은 물론 평소보다 많은 용돈도 받았다.

재미 삼아 한 일로 들어간 공보다 훨씬 큰 보상을 받자 더 흥미가 생겼다. 나는 혼자 이것저것 찾아 가며 영상 편집을 배우기 시작했다. 소풍 영상도 그러다가 만든 거였다.

— 혼자? 천재 아님? 그럼 내 거 편집 콜?

나와는 다른 세상에 사는 듯한 아이의 칭찬에 얼떨떨했다. 그리고 그런 애의 부탁을 굳이 거절하고 싶지 않았다.

— 콜!

포카리스

서빈이가 보내온 영상은 포카리스가 총출동한 것이었다. 그 애들이 웃고, 떠들고, 불맛 떡볶이를 헥헥거리며 먹는 영상을 보고 있자니 마치 연예인 관찰 예능 프로그램을 보는 기분이었다.

봄에 열렸던 교내 체육대회에서 아이들의 관심이 가장 뜨거웠던 경기는 반 대항 3 대 3 농구였다. 체육대회를 앞두고 반마다 후보 선수 포함 네 명을 뽑았다. 우리 반은 박서빈, 정태하, 주아람, 류정후였다. 키는 말할 것도 없고, 무슨 비결인지 사춘기의 절정에 여드름도 안 나는 애들이었다.

연습 때부터 응원단을 자청하고 나섰던 여자애들이 농구 팀에 포카리스라는 이름을 붙였다. 애들이 이온음료 마시는 모습에서 영감을 받은 이름으로 네 명의 카리스마라는 뜻이란다. 유치하고 오글거리긴 했지만 잘 어울린다는 건 부정할 수 없었다. 포카리스 멤버는 용모만 번듯한 게 아니었다. 2학년 첫 중간고사에서 네 명 모두 전 과목 A등급을 받았다. 거기에다 성격도 좋고

집도 잘사는, 한마디로 사기 캐릭터들이었다. 농구 경기에서 2학년 최종 우승을 한 포카리스는 그 이후에도 계속 뭉쳐 다녔다.

25명이 생활하는 교실의 크기는 우리 집만 하다. 비슷한 넓이의 공간에서 세 식구가 사는 것과 비교할 때 교실은 엄청나게 인구밀도가 높은 셈이다. 물리적 거리로만 보면 반 아이들은 가족보다 가까운 사이이다. 하지만 물리적 거리와 정서적 거리가 결코 비례하지 않는다는 건 유치원생도 안다. 포카리스와 평범 그 자체인 나 사이엔 측정하기 힘든 거리가 존재했다.

우리 교실을 우주라고 한다면 포카리스는 빛나는 별자리이고, 나머지 아이들은 이름 없는 별 무리라고나 할까. 나는 그중에서도 눈에 띄지 않는 별이고 전교 부회장인 서빈이는 포카리스 중에서도 가장 빛나는 일등성이었다. 그렇다고 해서 내가 열등감을 느끼는 건 아니었다. 그저 서로 사는 세계가 달라 비교 불가인 사이라고 생각해 왔다. 하지만 서빈이의 톡을 받는 순간 깨달아 버렸다. 내가 실은 그 애들을 동경하며 부러워해 왔음을.

나는 열심히, 즐겁게 서빈이가 보내온 영상을 편집했다. 재미를 더하는 자막을 입히고, 분위기를 살리는 음악을 깔았다. 미리보기 섬네일은 네 명 중 서빈이가 가장 돋보이도록 만들고 'K-중학생 불맛 떡볶이 먹방'이라는 제목을 붙였다. 좀 더 자극적인 제목이 관심을 끌겠지만 서빈이가 싫어할지 몰라 무난한 걸로 했다. 그렇게 편집한 영상을 서빈이에게 보내 놓고 속을 태우며 반응을 기다리고 있는데…….

드디어 연락이 왔다.

— 박서빈 님이 최선우 님을 초대했습니다.

지금까지 연락을 주고받았던 개인 톡이 아니라 포카리스가 다 있는 단톡방으로의 초대였다. 내가 편집한 영상을 돌려 본 모양이다. 다른 아이들은 어떻게 봤을까, 마치 심사라도 받는 것처럼 긴장감이 밀려왔다.

— 박서빈: 웰컴!

나는 아이들이 실제로 있는 공간에 들어선 듯 뻘쭘했다. 뭐라고 답해야 하나. 안녕, 반갑다(학교에서 맨날 보는데 새삼?), 고마워(뭐가?). 머뭇거리는 사이 태하와 아람이가 환영 이모티콘을 올렸다. 쏟아지는 이모티콘에 어색함이 조금 사라졌다. 나도 그럭저럭 분위기에 걸맞은 이모티콘을 올렸다.

— 박서빈: 편집 굿굿. 유튜브에 올렸다.

— 주아람: 자막 센스 쩔던데?

— 정태하: 섬네일도 겁나 죽여. ㅋㅋㅋ

— 주아람: K-중학생이면 우리 글로벌 진출하는 거 아님?

— 박서빈: 글로벌 세계로!

칭찬이 쏟아지자 마음이 놓이면서도 아무 말 없는 정후가 신경 쓰였다. 영상에서 가장 많이 편집한 아이는 정후였다. 먹을 때도 리액션이 별로 없어 대부분 잘라 냈는데, 기분이 상했을까?

— 박서빈: 선우야, 앞으로도 편집 계속해 주라.

— 주아람: 방학 때도 같이 찍을 거임.

— 정태하: 고고. ㅋㅋㅋ

사실 포카리스 영상 편집은 재미있었다. 멀게만 느껴지던 애들이 명제랑 나처럼 매운 떡볶이를 먹으면서 헥헥거리고, 키득거리고, 실없는 농담을 하는 걸 보니 친근한 느낌이 들었다. 그래도 더 하겠다는 말은 선뜻 나오지 않았다. 결과에 대한 부담 때문이었다. 계속 편집을 한다면 구독자나 조회수에 무심할 수가 없다.

그때 서빈이에게서 개인 톡이 왔다.

— 박서빈: 영상 한 개당 문상 3만 원.

그리고 곧바로 모바일 문화상품권 2만 원권을 보내왔다.

— 박서빈: 앞으로는 편집 영상 주는 대로 즉시 쏠게.

머릿속으로 문화상품권이 쏟아져 내렸다. 편집하는 시간과 공에 비하면 적은 금액이라는 생각도 들었지만 취미 삼아 하는 알바로는 그만이었다.

— 최선우: ㅇㅋ. 그 대신 내가 편집한다는 거 비밀로 해 줄 수 있어?

학년도 끝나 가는 마당에 아이들한테 괜한 주목 받고 싶지 않았다. 더구나 대가까지 받고 하는 일이라 알려지면 여러모로 부담이었다.

내가 오케이 이모티콘을 보내자마자 서빈이는 바로 단톡방에 알렸다.

— 박서빈: 선우가 편집한다!

폭죽을 터뜨리고, 춤추고, 팡파르를 울리고, 박수 치는 이모티콘들이 요란스레 이어졌다. 머쓱하면서도 그 애들에게 이 정도로 필요한 존재가 됐다는 사실이 싫지 않았다. 다만 정후가 신경 쓰였다. 원래 조용한 캐릭터이긴 하지만 혹시 내가 자기들 사이에 끼는 게 싫은 건가, 하는 생각이 불쑥 들었다. 이 일에 만장일치 승인이라도 나야 하는 것처럼 나는 살짝 초조해졌다.

— 박서빈: 정후야, 너도 오케이지?

서빈이가 의견을 묻자 그제야 정후도 좋다는 이모티콘을 올렸다.

— 박서빈: 선우야, 다음 주 토욜에 우리 뷔페 갈 건데 너도 와라. 써빈로긴 편집자 환영식도 하고 다음 영상 의논도 하게.

메신저 단톡방이 아닌 물리적 장소로의 초대였다. 포카리스의 오프라인 모임에 끼는 것이다.

— 박서빈: 뷔페 지도 좀.

서빈이의 말에 정후가 지하철역 쇼핑몰에 있는 스프링가든 지도를 올렸다. 엄마 생일 때 가 본 데였다. 검색해 보니 주말 가격은 27,900원으로 내 일주일 용돈보다 비쌌다. 하지만 내겐 방금 받은 2만 원짜리 문화상품권이 있다. 그런데 뷔페에서 문화상품권도 받을까?

— 박서빈: 우리가 쏠 거니까 넌 편하게 오면 돼.

공부, 운동, 외모에다 센스까지 갖췄다.

— 정태하: 다음 주 토욜 12시 스프링가든.

— 주아람: 그날 보자.

— 정태하: 아침 굶고 와라.

나는 '그날 봐. ㅎㅎ'라고 쓰고서 얼마를 지켜보았지만 더는 새 메시지가 올라오지 않았다. 나는 비로소 부랴부랴 서빈이의 유튜브를 찾아 들어갔다.

별자리로 초대합니다

인터넷에서 재생되는 영상은 컴퓨터에 저장해 놓은 걸 보는 것과는 느낌이 사뭇 달랐다. 올린 지 얼마 안 됐는데도 그사이 조회수 58회에 댓글도 네 개가 달려 있었다. 훈남들을 보니 눈이 맑아진다, 떡볶이 가게가 어디냐, 앞으로 영상 자주 올려 달라는 댓글 다음에 자막이 재미있고 음악도 센스 있다는 댓글이 있었다. 심장이 쿵쿵 뛰었다. 가족이나 친척들에게 칭찬받는 것과는 비교가 되지 않았다.

갈증이 나서 주방으로 나갔다. 엄마 아빠는 아직 식탁에 앉아 있었다.

"아들, 뭐 좋은 일 있나 본데?"

아빠가 나를 보며 말했다. 나는 얼른 표정 관리를 하며 영혼 없는 어조로 대꾸했다.

"없어."

"미호한테 연락 왔구나?"

엄마가 끼어들었다.

“아니라니까!”

나는 버럭 짜증을 냈다. 머쓱해하는 엄마 표정에 조금 미안했지만 관심을 차단하려면 어쩔 수 없었다.

컵에 얼음을 담고 아까 마시다 남은 콜라를 부었다. 달콤한 콜라의 기포가 내 삶에도 팡팡 터지는 것 같았다.

방으로 돌아와 콜라를 책상 위에 올려놓고 침대 머리에 기대 앉았다. 그러고는 포카리스와의 단톡방으로 다시 들어가 모든 메시지를 처음부터 찬찬히 훑어보았다. ‘박서빈 님이 최선우 님을 초대했습니다.’ 한없이 사무적인 그 문장이 새롭게 보였다. 대화는 짧은 문장과 이모티콘뿐이었지만 하나하나 의미를 곱씹으며 보느라 시간이 걸렸다. 모든 게 신기하기만 했다.

포카리스 넷 중 그나마 인연이 있는 아이는 1학년 때 같은 반이었던 아람이였다. 중학교에 갓 들어와 다들 쭈뼛거리고 있을 때 아람이는 나서서 임시 회장을 했다. 주목받는 걸 꺼렸던 나와는 접점이 없었다. 나는 옆자리에 앉은, 나처럼 평범한 명제와 친해져서 1년 내내 단짝으로 지냈다. 2학년이 돼 반이 갈렸지만 명제는 지금도 날마다 같은 학원, 같은 게임에서 만나는 절친이다.

나는 명제에게 써빈로긴 채널 링크를 보냈다.

— 형님이 편집한 거다.

영상을 봤는지 명제에게선 몇 분 뒤에나 답이 왔다.

— 돈은 받고 했냐?

명제가 편집에 대해선 아무 언급 없이 돈 얘기부터 하니 좀 서운했다. 하지만 나도 서빈이가 편집해 달라고 했을 때 대가부터 생각하긴 했다.

— 문상 2만 원 받았어. 시험 끝나고 피시방 내가 쏜다!

명제는 신나서 까무러치는 이모티콘을 올리더니, 뜻밖의 말을 했다.

— 너 정태하랑 사적으론 엮이지 마라.

— 왜? 너 태하 알아?

— 6학년 때 우리 반에 전학 왔음. 그 전 학교에서 일진이었다는 소문이 파다했어. 당한 애들이 많아서 연예인 같은 건 못 할 거라고 했었는데, 유튜브 뜨면 문제 생길 수도? ㅋㅋㅋ

자꾸 초를 치는 것 같아 빈정이 상했고, 명제에게 괜히 말했나 싶었다.

— 재미 삼아 해 본 건데 뭐. 걔들하고 따로 친해질 일도 없고.

나는 편집을 계속하기로 했다는 말은 하지 않았다. 단톡방에서 태하의 톡만 다시 찾아 읽었다. 딱히 걸리는 내용은 없었다. 태하는 포카리스에서 몸이 제일 좋다. 어깨가 떡 벌어진 게 이미 완성형 체형이랄까. 교실에서 힘쓸 일이 있을 때는 서글서글하게 먼저 나섰다. 그런 아이가 초등학생 때 일진이었다니. 헛소문일 수도 있고, 지금은 달라졌을 수도 있다.

나는 유튜브 영상을 또다시 보았다. 명제에게 친해질 일 없다고 말한 것과 달리 포카리스 멤버 한 명, 한 명이 더 친근하게 여겨졌다. 그리고 마치 써빈로긴의 감독이라도 된 듯한 기분이 들었다.

그사이 서빈이가 유튜브 댓글에 답글을 달아 놓았다. 편집 칭찬을 하는 댓글에는 '감사합니다. 앞으로 더 재밌는 콘텐츠 만들게요.'라는 답글이 달려 있었다. 서빈이는 비밀로 해 달라는 내 요구를 들어주었다.

서빈이가 왜 유튜브를 하는 건지 문득 궁금해졌다. 성적이 상위권인 아이들은 일반계 고등학교보다는 특목고나 자사고 쪽으로 진학 준비를 하는 경우가 많았다. 포카리스 멤버도 그럴 확률이 높다. 혹시 고등학교 지원 자소서에 쓰려고 유튜브를 하는 걸까? 그런데 자소서에 그런 것도 쓰나? 특목고의 '특' 자도 생각해 본 적 없으니 그쪽 전형은 아무것도 몰랐다.

다시 메신저를 들여다보던 나는 단톡방 이름을 포카리스라고 쓰려다가 멈추었다. 이제 네 명이 아니다. 그렇다고 '파이브카리스'라고 쓰기는 우스웠다. 아이들 이름이 눈에 들어왔다. 서빈이의 S, 태하의 T, 아람이의 A. STA……. STAR가 되기엔 정후에서 걸렸다. 그런데 정후 성이 류씨다! 류정후의 R, STAR! 그리고 나 선우의 S. 단톡방 이름을 'STARS'라고 붙이자 고만고만한 별 무리에서 빠져나와 포카리스의 별자리 안으로 초대받은 것 같았다.

뷔페에 가기 위해 마을버스를 타고 맨 뒤 창가 자리에 앉았다. 휴대폰을 꺼내 팔로우하고 있는 아람이의 인스타그램을 검색했다. 종종 포카리스 사진을 올리면서도 서빈이의 유튜브에 관한 내용은 일절 없었다. 써빈로긴의 편집을 하면서 서빈이와 태하의 SNS도 찾아보았는데 서빈이의 페이스북에도 유튜브에 관한 내용은 없었고, 태하의 페이스북엔 축구나 운동에 관한 게시물만 잔뜩 있었다. 정후는 나처럼 계정만 있을 뿐 활동은 하지 않았다. SNS로 유튜브 홍보를 하지 않는 게 이상했지만, 그럴 만큼 중요하게 여기지 않는 것 같아 편집에 대한 내 부담감도 줄어들었다.

뷔페를 먹고 나선 뭘 하지? 피시방에 가자고 해 볼까? 피시방비는 내가 낸다고 해야지. 서빈이한테 받은 문화상품권으로 쏘는 거다. 아무리 우등생들이라고 해도 게임은 할 거다. 성적이나 운동은 뒤처져도 게임은 잘할 자신이 있었다.

그때 톡이 떴다. 권미호였다! 엄마에게 내 번호를 물은 지 일주일만이었다.

— 최선, 뭐 해? 잘 지냈어?

최선. 미호는 나를 최선이라고 불렀다. 순간 몽글한 무언가가 덩어리째 밀려왔다. 그동안 나는 미호와 다시 맞닥뜨리기라도 하면 쪽팔려 죽을 줄 알았다.

미호가 기억하는 내 마지막 모습은 졸업식 날, 엄마들이 같이 사진 찍자는데 도망치던 뒷모습일 거다. 어쩌면 종업식 하루 전날의 가짜 고백이, 그것도 톡으로 했던 그 어처구니없는 고백이 더 강렬할지 모른다. 할 수만 있다면 미호의 기억은 물론 내 머릿속에서도 파내고 싶은 장면이었다. 그런데 미호가 예전처럼 부르며 인사를 건네자 우리 사이가 꼭 절친이었던 그때로 되돌아간 것만 같았다. 우리가 얼마나 친하게 지냈었는지 새록새록 기억났고, 그 관계를 망친 게 새삼스레 후회됐다. 미호 머릿속에서 지질한 내 모습부터 지우고 싶었다. 나는 답 메시지를 썼다. 시크하게.

— 너도 잘 지냈냐? 갑자기 웬일?

미호는 내가 엄마 도서관 행사에 만들어 준 영상을 보았다고 했다. 그 영상에 학생들이 봉사 활동 하는 장면도 있었는데, 혹시 거기에 미호도 있었나?

— 영상 잘 만들었더라. 최선한테 그런 재능이 있었네. ㅋㅋ

아, 이럴 줄 알았으면 더 잘 만들걸.

— 엄마가 하도 부탁해서 재미 삼아 만들었어. 최선을 다하진 않았음. ㅋㅋㅋ

— 오오, 재미 삼아~~ 최선, 많이 컸다? 암튼 나, 요즘 유튜브 해.

— 진짜???

그동안 언급이 없었던 걸 보면 엄마도 모르는 모양이었다. 사실 엄마한테 미호 이야기를 들은 뒤 SNS를 찾아보았지만 계정들만 있을 뿐 게시물은 없었다. 그런 애가 유튜브를 하다니.

미호가 알려 준 '호랑조랑'을 유튜브 창에 검색하자 섬네일이 주르르 떴다. 다이어리 꾸미듯이 아기자기하고 귀여운 화면이 시선을 끌었다. 미호랑 다른 여자애 한 명이 문구나 화장품 등을 리뷰하는 채널로 출연자 얼굴은 나오지 않았다. 구독자는 4천 명이 넘었고, 조회수가 몇만 회 이상인 콘텐츠도 있었다. 큰 기대 없이 봤다가 깜짝 놀랐다.

— 잉? 장난 아닌데!!

— 편집이 구리지 않아? 친구랑 둘이 하는데 어려워. ㅠㅠ

— 뭘, 섬네일도 잘 뽑았고, 콘텐츠도 좋은 것 같은데….

— 아이템 찾는 거 힘들면서도 재밌음. 앞으로 기술적인 거 좀 물어봐도 돼? 영상 편집이 취미라며.

엄마가 어지간히 자랑한 모양이었다. 그래도 미호의 부탁이 싫지 않았다. 예전에 우리는 무슨 일이든 서로에게 미주알고주알

털어놓던 사이였다. 미호와 틀어지고부턴 그런 친구가 없었다. 명제하고는 친하지만 뭔가 결이 달라 아쉬울 때가 있었다.

— 나도 배우는 수준이지만 아는 대로 가르쳐 줄게.

서빈이에 이어 미호까지, 갑자기 세상이 내 능력을 알아주는 것 같았다. 나는 'K-중학생 불맛 떡볶이 먹방' 링크를 미호에게 보냈다.

— 친구 유튜브인데 내가 편집한 거야. 아직 조회수는 미미하지만….

먹방 영상은 현재 조회수 132회, 채널 구독자 수는 78명이다. 미호의 채널과 비교하면 부끄러운 수준이지만 써빈로긴의 그전 영상들에 비하면 조회수도 높고, 업로드 후에 구독자도 꽤 늘었다. 내가 편집해 준 덕도 있는 것 같아 뿌듯한 마음으로 구독자 수를 확인하곤 했다.

미호는 써빈로긴을 보는지 답이 없었다. 유튜브를 직접 하는 애니까 평가가 더 궁금하고 또 긴장됐다. 드디어 미호의 소감이 왔다.

— 편집 쌈박하네. 재미있고, 애들도 훈훈하고…. 얘들하고 친해?

'편집 쌈박하네'에서 우쭐했다 '훈훈'에서 김이 샜다.

— 어, 지금 걔네랑 약속 있어서 가는 길이야. 유튜브 편집 방향도 의논할 겸.

나도 모르게 튀어나온 허세에 낯이 뜨거웠지만 이미 내뱉은 뒤였다.

— 나중에 연락 줄 수 있어? 아무 때나 괜찮음.

당연히 그러겠다고 했다. 미호와 다시 연결되자 따뜻하고 아기자기한 무언가가 보이지 않는 선을 타고 오가는 느낌이었다.

관찰자 시점

쇼핑몰 로비에 들어서자 곳곳에 벌써 크리스마스 장식들이 보였다. 초등학생 때까지는 어린이날에 버금가는 특별한 날로 손꼽아 기다렸지만 지금 크리스마스는 그저 빨간 날에 불과했다.

뷔페는 9층이었다. 나는 엘리베이터와 에스컬레이터 사이에서 고민하다 에스컬레이터로 결정했다. 갑자기 부담감이 밀려와 도착 시간을 조금이라도 늦추고 싶었다.

11시 52분에 도착한 뷔페 앞엔 하필 정후 혼자 서 있었다. 명제에게 하는 것처럼 어깨를 끌어안거나 헤드록을 걸 사이도 아니고, "안녕."이라고 말하기도 멋쩍었다. 정후도 마찬가지인 듯 눈인사인지 뭔지 모를 눈길을 한 번 주었다. 나는 아무 말도 안 하기가 더 뻘쭘해서 혼잣말처럼 "일찍 왔네." 하며 옆에 섰다.

"어."

정후는 그 말뿐 휴대폰만 들여다보았다. 나도 휴대폰을 보는 시늉을 했지만 눈에 들어오지 않았다. 정후를 슬쩍 보니 자꾸 주위를 힐끗거리는 모습이 어딘지 불안해 보였다. 무슨 문제가 있나 걱정하다 그런 스스로가 어이없었다.

곧이어 함께 온 아람이와 태하도 내게는 할 말이 없는지 자기네끼리 떠들었다. 그 애들 사이에 끼어 앉아 밥 먹을 생각을 하니 벌써 체하는 것 같았다. 다행히 뒤이어 온 서빈이는 나를 보자마자 어깨에 팔을 두르며 반겼다. 어색하던 상황에서 서빈이의 환대가 더없이 고마웠다.

서빈이와 내가 나란히 앉고 다른 세 명은 우리 맞은편에 앉았다. 아람이가 들고 온 쇼핑백을 서빈이 앞에 놓았다.

"생일 축하해."

서빈이 생일이라고? 뷔페 얘기할 때 생일에 관한 언급은 전혀 없었다. 혹시 언질을 주었는데 내가 몰랐던 건가? 선물은커녕 밥도 얻어먹을 예정인 나는 등에서 식은땀이 솟았다.

"뷔페는 정후가 쏘기로 하고, 우리는 같이 선물 샀어."

태하가 부연 설명을 했다. 뷔페를 정후 혼자 쏜다는 말에 이번엔 머리가 띵했다. 영상에서 정후를 가장 많이 잘라 냈는데 정후 돈으로 밥을 먹는다니 민망했다.

"미안……. 생일인 줄 몰라서 선물 준비 못 했어."

목소리뿐 아니라 몸까지 줄어드는 느낌이었다.

"괜찮아."

서빈이가 내 등을 두드리며 선선하게 말했다. 달랑 '괜찮아.'는 내 입장에선 조금 억울했다. 생일인 줄 알았으면 빈손으로 오지 않았을 텐데. 자기들이 안 가르쳐 준 건데.

"선물 얼른 풀어 봐."

"그래, 겁나 맘에 들걸."

아람이와 태하의 채근에 서빈이가 쇼핑백에서 선물을 꺼냈다. 선물 상자를 보는 순간, 나는 눈을 의심했다. 최신형 스마트 워치였다. 얼마나 돈이 많고, 또 얼마나 사이가 끈끈하면 중학생들이 친구 생일에 뷔페와 스마트 워치를 선물할까. 선물을 보자 생일인 줄 몰랐던 게 차라리 다행이라는 생각이 들었다. 내 용돈으로 산 선물을 가져왔다가는 손이 부끄러울 뻔했다. 나는 편집자라는 내 역할이나 분명히 인지하자고 마음먹었다.

"오늘은 영상 안 찍어? 워치 언박싱, 뷔페 먹방 다 좋은데."

상자에 붙은 테이프를 손톱으로 뜯으려는 서빈이에게 말했다. 워치는 출시된 지 얼마 안 된 모델이라 언박싱 영상을 올리면 조회수가 높을 게 확실했다. 뷔페 영상은 그다음에 올리면 된다. 문득 내가 문화상품권을 받으려고 권하는 것같이 보일까 봐 덧붙였다.

"언박싱 편집은 생일 선물로 해 줄게."

오늘 밥값은 정후를 잘 편집해 주는 걸로 하고.

"최선우, 멋진데!"

서빈이가 내 어깨를 덥석 감싸 안았다. 그제야 움츠러들었던 마음이 펴졌다.

"따로 시간 낼 것 없이 모인 김에 다 찍자."

태하가 내 의견에 맞장구쳤다.

"좋아! 이제 시험이라 시간 없잖아."

아람이도 찬성했다. 이번에도 정후만 조용했다. 서빈이가 정후를 보았다.

"너도 괜찮지?"

정후가 고개를 끄덕였다. 오늘도 소극적으로 굴면 또 편집할 수밖에 없는데.

서빈이가 내게 물었다.

"시험 얼마 안 남았는데 두 개씩이나 편집할 시간 되겠어?"

다다음 주 월요일부터 기말고사다. 주말에 편집하고, 다음 주부터는 학원 자습실에서 코피 터지게 공부하면 된다.

"괜찮아."

너무 일찍부터 공부하면 잊어버린다는 말은 하지 않았다. 명제라면 몰라도 그런 농담을 하기에는 아이들과 성적 차이가 너무 났다. 그 대신 편집만큼은 손쉽게 하는 걸로 보이고 싶었다.

"시간 얼마 안 걸려."

지난번엔 열 시간 넘게 걸렸으니 이번엔 좀 덜 들겠지. 나는 유튜브에 대해 아는 티를 좀 더 내고 싶었다.

“워치 언박싱은 여기서보다 집에 가서 제대로 찍는 거 어때? 언박싱이 조회수 많이 나올 것 같거든. 시험공부 때문에 시간 내기 어려운가?”

조회수란 말에 서빈이의 표정이 솔깃해지는 게 보였다.

“언박싱은 밤늦게라도 찍으면 되는데 오늘 여기에서 찍는 영상이 문제지. 지난번에는 내가 미리 보고 자를 거 잘라서 보낸 거거든.”

뭘 잘라 냈다는 건지 궁금했다. 어설프게 잘라 내면 오히려 편집하기 어려운데.

“오늘 찍는 것부턴 그냥 원본으로 보내. 내가 잘 편집해 볼게.”

“정말? 최선우, 진짜 고맙다. 자, 지금부터 찍는 거다. 음식 가지러 가자.”

서빈이가 휴대폰 그립톡에 손가락을 끼우더니 화면을 보며 말했다.

“여러분, 오늘 써빈이는 친구들이랑 스프링가든에 왔습니다. 제 생일이거든요. 곧 기말고사라 잘 먹고 파이팅하려고요. 참, 선물도 받았어요. 깜짝 스포하자면 스마트 워치예요. 두구두구, 워치 언박싱도 기대해 주세요!”

서빈이는 마치 대본이라도 있는 양 막힘이 없었다. 전교 부회장 유세를 할 때 스피치 학원에 다녔다고 한 게 기억났다. 서빈이가 아이들에게 휴대폰 카메라를 돌리자 정후도 어색하게 웃으며 손가락으로 브이를 그렸다. 나는 속으로 정후에게 제발 자르지 않아도 되게 잘 좀 하라고 빌었다.

카메라에 걸리지 않게 약간 떨어져 다니며 아이들을 관찰했다. 한 명 한 명 캐릭터를 확실하게 잡아 두고 싶었다. 서빈이는 카리스마와 배려심을 갖춘 리더였다. 서빈이와 가장 가까운 듯한 태하는 행동 대장 역할이었다. 살짝 아부형 같았지만 어떤 일을 도모하는 데에는 꼭 필요한 존재였다. 분위기 메이커인 아람이는 뜻밖에 허술한 면이 있었다. 포크를 떨어뜨리고, 음식을 담다 흘리고, 먹다가 앞자락에 묻히곤 했는데 그게 오히려 인간미 있었다. 웃는 상이어서 실수조차 귀여워 보였다.

그런데 정후에 대해서는 감이 잘 오지 않았다. 아이들이 열 마디 하는 동안 한 마디 하는 것도 드물었다. 뭘 하든 대부분 셋이 의기투합한 다음 마지막으로 서빈이가 정후의 동조를 구하는 식이었다. 유튜브 찍는 게 싫어서 그런 걸까. 네 명 중 세 명이 신나서 하는 일을 거부하기란 쉽지 않을 테니 마지못해 찍는 걸 수도 있다. 그래도 그건 내가 상관할 바는 아니었다. 나는 정후 태도에 더는 신경 쓰지 않기로 했다.

디저트를 가져다 먹기 시작했을 때 써빈로긴의 편집자로서 서빈이에게 물었다.

“근데 넌 유튜브 왜 하는 거야? 내 생각엔 채널의 방향성이 중요한 것 같거든.”

삶에 목표가 있어야 자기 삶의 방향성을 잡을 수 있다, 라고 엄마는 늘 말했다. 방향성이 잡히면 세속적 성공에 연연하지 않은 채 자신만의 기준으로 살아갈 수 있다나. 아들이 특기도 장래 희망도 없는 게 늘 걱정이던 엄마 아빠는 내가 영상을 만들기 시작하자 내 미래의 지도를 얻은 양 좋아했다.

“대학에 가서 영상 연출 전공하면 어때? 방송국 피디 되면 좋잖아.”

엄마가 처음 말했을 때 나는 짜증을 냈다.

“뭔 벌써 대학 이야기야? 그냥 재미로 하는 거야.”

“미리 생각해 둬서 나쁠 거 없잖아. 수시 준비도 차근차근 할 수 있고.”

“대학도 대학이지만 좋아하는 일이 직업인 것처럼 큰 행운은 없어.”

아빠도 맞장구를 쳤다.

이런 마당에 내가 유튜브 편집 때문에 게임까지 팽개친 걸 알면 엄마 아빠는 아들이 드디어 인생의 목표를 찾았다고 기뻐할 거다. 하지만 난 아직은 아무런 부담 없이 좋아하는 걸 즐기고 싶다. 100세 시대라는데 겨우 열다섯 살에 앞길을 결정하는 건 너무 이르니까.

아무튼 서빈이가 유튜브 하는 이유를 알면 앞으로 찍을 영상의 방향을 잡을 수 있을 뿐 아니라 편집할 때도 참고할 수 있다. 혹시 고입 전형을 위해서라면 콘텐츠를 좀 더 의미 있는 것으로 만들어야 할 거다.

"돈 벌려고."

서빈이가 툭 던지듯 말했다. 전혀 예상하지 못했던 대답에 말문이 막혔다. 그렇게 야심 찬 목표가 있을 줄은 몰랐다. 이번에 알게 된 건데 유튜브로 수익을 내려면 구독자 천 명에 1년 동안 총 4천 시간의 시청 시간을 확보해야 했다. 쉽지 않은 일이었다. 그게 서빈이의 목표라면 나는 지금 빠지는 게 좋을 것 같았다.

"야, 웃자고 한 이야기에 쫄긴."

서빈이가 내 속마음을 읽었는지 웃으며 말했다.

"애들하고 재미있는 추억이나 쌓으려는 거지 돈은 무슨. 3학년 되면 본격적으로 입시 준비해야 돼서 유튜브 할 시간도 없어."

"너희들 혹시 특목고 준비해?"

나 혼자 추측했던 걸 물었다.

"서빈이랑 태하는 과학고, 정후는 국제고, 나는 자사고 준비 중이야."

아람이가 대답했다. 유튜브 한 것도 자소서에 쓸 거냐고 물으려다 말았다.

"아씨, 난 엄마가 기말고사 끝나면 과외 두 개 더 잡는대."

태하가 한숨을 쉬었다.

"나는 이번에 성적 떨어지면 방학 동안 기숙 학원에 들어갈 수도 있어."

아람이의 얼굴에도 그늘이 졌다. 기숙 학원이라니. 예비 고3도 아닌 예비 중3의 대화라는 게 놀라울 따름이었다.

"너는 어때?"

이번에도 정후는 서빈이가 물어볼 때까지 아무 말도 하지 않았다.

"어학연수."

푸념하듯 말하던 태하, 아람이와 달리 정후는 가벼운 표정으로 대답했다. 오늘 만난 뒤 처음으로 얼굴이 펴 보였다. 공부를 진짜로 좋아하는 애가 있다더니 정후가 그런 모양이었다.

"참, 상하이 간다고 했지. 언제 가?"

서빈이가 물었다.

"방학 전에."

중국인 걸 보면 영어는 마스터했다는 뜻이겠지. 방학 동안 정후가 빠지는 건 조금도 아쉽지 않았다. 어차피 뚱한 표정으로 가만히 있을 바에는 없는 쪽이 편집하기도 나았다. 문제는 아이들의 빡빡한 일정이었다. 계속 촬영을 할 수 있을까 싶었다. 처음 받은 문화상품권으론 명제한테 한턱 쏘겠다고 했지만 그다음부터는 착실하게 모아서 게임기를 사고 싶었다. 그러자면 열 편쯤은 더 편집해야 하는데. 나는 서빈이에게 슬쩍 물었다.

"너도 방학 때 바빠?"

"나라고 다르겠냐. 난 주중에는 윈터스쿨, 주말에는 과외야."

윈터스쿨. 드디어 나도 아는 게 나왔다. 학원들의 겨울방학 프로그램을 말하는 건데 내가 다니는 학원에서 붙인 이름은 텐텐스쿨이었다. 오전 10시에 시작해서 밤 10시에 끝나기 때문이다. 방학인데…….

"넌?"

서빈이의 물음에 내 공부량이 갑자기 창피해졌다.

"난 종합반 하나만 다녀. 지금은 월수금 다니는데 방학에는 월요일부터 금요일까지."

내신 대비 종합반은 방학에도 학기 중이랑 똑같이 4시 반에 시작해서 9시 반에 끝난다. 엄마는 오전에 있는 영, 수 특강도 듣기를 바랐지만 나는 싫었다.

"그것만 한다고?"

아람이가 눈을 둥그렇게 떴다.

"응."

"시간 널널하겠네. 개부럽다."

태하가 또다시 한숨을 쉬었다. 곧 중3이 될 텐데 학원 적게 다닌다고 부러움을 사는 게 자랑스럽진 않았다. 하지만 아무리 그래도 포카리스처럼 매일매일을 공부로 채우는 건 생각만 해도 숨이 막힌다.

"유튜브 하는 거 너희 부모님이 아셔?"

문득 궁금해져 서빈이에게 물었다.

"당연히 모르지. 알리더라도 나중에, 뭐 좀 된 다음에 알려야지. 지금 걸렸다간 이대로 쫑나. 너희들도 알지?"

서빈이가 입에 지퍼 채우는 시늉을 했다. 아이들의 SNS에 써 빈로긴 이야기가 없는 이유를 알았다. 그리고 서빈이가 유튜브를 하는 진짜 이유도 알 것 같았다. 대입 수험생 못지않은 공부량과 성적에 대한 압박감 때문 아닐까? 유튜브 채널 운영이라는 딴짓은 산소호흡기 같은 거다. 어이없게도 포카리스에게 연민이 생겼다. 그러다 미간을 찌푸린 얼굴로 앉아 있는 정후와 눈이 마주치는 순간 민망해졌다. 누가 누구를 동정하는 거니?

"이제 편집자도 생겼으니 재밌게 찍어 보자."

서빈이가 아이들을 둘러보며 말했다.

"난 시간 충분하니까 영상 찍으면 언제든지 보내."

나는 아이들에게 내세울 수 있는 오직 한 가지, 시간 자랑을 한껏 했다.

"고맙다. 재미로 하는 거라도 구독자랑 조회수 너무 적으면 쪽 팔리니까 잘해 보자. 그리고 나중에 수익 나면 너희하고 다 나눌 거야. 편집비도 더 올려 주고."

가진 건 열정과 미래뿐인 스타트업의 대표처럼 서빈이가 말했다.

언박싱

워치 언박싱 영상은 조회수 1천 회를 가뿐히 넘겼다. 그건 예상한 대로였지만 채널 구독자 수도 비례해서 늘 거라는 기대는 빗나갔다. 써빈로긴의 뷔페 먹방 영상도 조회수가 별로였다. 언박싱 조회수로도 체면은 확실하게 세웠지만 구독자 수가 폭발하지 않은 건 못내 아쉬웠다.

미호는 일희일비하지 말고 꾸준히 하는 게 중요하다고 말해 주었다.(우리는 예전처럼 수시로 연락을 주고받는 사이가 됐다.) 미호네는 많진 않지만 수익이 나고 있다고 했다. 수익금은 어떻게 받는지 궁금했다. 써빈로긴도 빨리 구독자를 모아서 수익을 냈으면 싶었다. 이왕 하는 거 나도 최선을 다할 작정이었다.

"우린 미성년자라 윤조네 엄마 계정으로 받아."

"친구랑 수익 분배는 어떻게 해?"

"윤조네 엄마가 칼같이 반으로 나눠서 내 통장으로 보내 줘. 우리 엄마도 그 돈은 손 안 대고. 그 대신 대학교 가면 등록금만 줄 거래."

나는 아직 우리 집에서 돈 먹는 하마인데 미호는 벌써 돈을 벌고 있었다. 만약 서빈이의 유튜브가 잘되면 나도……. 지금은 비록 시급 2천 원도 안 되는 알바지만 그때는 제대로 편집비를 받아야지. 갑자기 머릿속에 노란 병아리들이 가득 모여 삐악거리기 시작했다. 병아리들은 곧 암탉으로 자라 황금알을 수북수북 낳았다. 아, 황금알을 낳는 건 거위였던가?

뷔페에 다녀온 뒤부터 서빈이는 단톡방이 아니라 개인 톡으로 연락했다. 나도 여러 명을 다 신경 쓰는 것보다 서빈이하고만 소통하는 게 편했다. 내가 설레는 마음으로 이름을 저장했던 STARS 단톡방은 빛을 잃었지만 별로 아쉽지 않았다.

서빈이는 시험을 며칠 앞두고 톡을 보내 시험 끝나는 날 촬영을 하겠다고 했다.

— 스트레스도 풀 겸 애들하고 농구 게임 같은 거 하려고.

— 오키. 제목은 K-중학생 기말고사 끝난 날. ㅋㅋㅋ

— 역시 편집자야. 바로바로 나오네, 고맙다!

마지막 시험이 끝났다. 종이 울리자 선생님과 시험 감독 봉사자가 나가기도 전에 교실이 소란스러워졌다. 여자애들은 정후와

1, 2등을 다투는 신혜인 주위로, 남자애들은 포카리스 주위로 모여들어 답을 맞추기 시작했다. 시험 점수는 최대한 늦게 알자는 주의인 나는 내 점수보다 포카리스의 시험 결과가 더 신경 쓰였다. 어제까지 아람이는 평소 성적을 유지한 것 같고, 태하는 조금 오른 것 같고, 서빈이와 정후는 떨어진 것 같았다.

종례를 하는데 교실 뒷문에서 기다린다는 명제의 톡이 왔다. 오늘이 내가 피시방 게임비를 쏘겠다고 큰소리친 그날이었다.

"시험 끝났다고 너무 흥분해서 돌아다니지 말고 적당히들 놀아요. 청소 당번들은 검사 맡고 가도록. 회장, 인사하자."

선생님께 인사를 마치기도 전에 아이들 엉덩이가 들썩거렸다. 나도 바로 튀어 나갈 수 있도록 미리 가방을 싸 놓았다. 인사와 함께 아이들이 괴성을 지르며 우당탕 교실을 빠져나갔다. 포카리스 멤버와 함께 나가는 서빈이의 뒷모습이 보였다. 같이 가는 걸 보니 촬영을 할 모양이다. 애들이 어떤 걸 찍어 올지 벌써 궁금했다.

명제하고 피시방 건물 1층에 있는 편의점에 먼저 들렀다. 피시방에서 먹으며 게임을 하면 좋겠지만 거기선 문화상품권 결제가 안 됐다.

"컵라면이랑 삼각김밥 큰 거로 골라. 이것도 쏠게."

"오, 땡큐! 근데 혹시 너 유튜브 편집 계속하는 거야?"

명제가 물었다. 계속 그 사실을 숨길 수는 없었다.

"응, 앞으로 수익 나면 편집비도 올려 준대. 참, 너 워치 언박싱 안 봤지?"

"봤어."

라면을 먹으며 확인해 보니 그사이 언박싱 영상 조회수는 200회 넘게 더 늘었다. 저절로 입꼬리가 움찔거리는데, 명제가 툭 던지듯 말했다.

"시험공부도 못 하고 편집했는데 겨우 2만 원이 말이 되냐? 나중에 수익이 나건 말건 당장 일한 대가는 제대로 줘야지. 너 조심해. 까딱하다 호구 된다."

"이젠 3만 원씩이야."

워치 언박싱 영상 편집은 생일 선물로 해 줬다고 하면 비웃음을 살 것 같아 말하지 않았다. 이 일에 명제가 자꾸 딴지를 거니까 기분이 좋지 않았다.

함께 뷔페에 갔던 날, 아람이의 인스타그램에 게시물이 올라왔다. '#서빈이_생축'이라는 해시태그가 붙은 아이들 사진에 나는 없었다. 그뿐만 아니라 포카리스는 학교에서도 내게 알은체하지 않았다. 반 아이들 사이에서 불맛 떡볶이 먹방 영상 이야기가 나왔을 때도 서빈이는 내가 편집했다는 걸 말하지 않았다. 비밀로 해 달라고 했으면서도 아예 없는 존재처럼 되는 건 조금 서운했다. 내가 마치 편집하면서 잘라 낸 B컷이 된 것 같았다.

나는 마음을 달랬다. 대가를 받고 편집하는 게 알려지면 말도 많아지고 그만큼 부담도 더해진다. 명제처럼 생각하는 애도 있을 테고, 친구 일에 돈을 받다니 야박하다고 생각하는 애도 있을 거다. 무엇보다 잘나가는 아이들 주위를 기웃거리는 걸로 오해받는 게 제일 싫었다.

"돈을 떠나서 내가 재미있어서 하는 거야. 그리고 지금 하는 거, 나중에 대학 갈 때 자소서에 쓸 수도 있어."

명제는 나를 빤히 보았다. 나 역시 내가 한 말에 놀라는 중이었다. 편집을 하면서 좀 더 제대로 배우면 좋겠다 싶긴 했지만 대학, 자소서라니. 지금까지 내 인생에 없던 단어였다.

"범생이들이랑 놀더니 철들었네. 잘해 봐라."

명제의 말이 어쩐지 비꼬는 것처럼 들렸다.

그날 저녁, 포카리스가 멀티게임장에서 촬영한 영상이 왔다. 서빈이는 나를 믿고 전체 영상을 그대로 보낸다며 심한 욕 같은 건 알아서 편집해 달라고 했다. 맨 먼저 편집했던 불맛 떡볶이 영상은 서빈이가 자기 선에서 정리를 한 거였다. 뷔페 영상을 찍을 땐 애들이 그 자리에 있는 나를 조금은 의식했을 테고, 워치 언박싱은 서빈이 혼자 찍었다.

처음으로 포카리스가 자기네끼리 노는 모습을 그대로 보게 되었다. 이것도 물론 애초에 남한테 보여 주려고 찍은 것이지만 카메라를 잊은 듯한 말과 행동이 불쑥불쑥 나왔다. 거침없이 욕을 내뱉는 아이들의 모습은 오히려 친근했다.

포카리스는 농구와 풍선 다트를 하며 놀았다. 서빈이 순서일 때는 태하나 아람이가 영상을 찍었다. 매사에 소극적이던 정후도 게임에는 적극적으로 임했다. 시험이 끝났다는 해방감과 승부욕이 발동해서인지 과열된 분위기가 느껴졌다. 그러다 정후와 태하 사이에 시비가 붙어 분위기가 험악해졌다. 서빈이는 말리지 않고 키득거리며 영상을 찍었다. 아람이도 실실 웃기만 했다. 태하가 정후 귀에 대고 무슨 말을 하자 정후는 움찔한 표정이 돼 물러섰다. 궁금해서 소리를 키웠지만 들리지 않았다.

아이들은 아무 일 없었다는 듯이 다시 놀기 시작했다. 시험과 성적은 다 잊자고 말하면서도 화제가 그 언저리를 벗어나지 못했다. 성적이 떨어진 아이는 떨어져서, 심지어 올랐다는 아이도 더 오르지 못한 걸 걱정했다.

걱정은 성적표가 나온 뒤로 미룬 채 해방감만 만끽했던 나는 그 애들에게 주어진 자유 시간이 고작 두 시간뿐이었다는 것부터가 놀라웠다. 더 놀라웠던 건 서빈이와 서빈이 엄마의 통화 내용이었다.

서빈이 엄마가 아람이한테 전화해서 서빈이를 바꾸라고 하는 것 같았다. 서빈이는 촬영 중인 자기 휴대폰을 태하에게 넘기고 아람이의 휴대폰을 받았다. 태하가 전화를 받는 서빈이의 뒷모습을 찍었다. 돌아다본 서빈이가 장난스레 가운뎃손가락을 치켜들었다. 태하의 웃음소리와 함께 영상 속 서빈이의 모습이 흔들렸다. 프레임 밖으로 벗어났는데도 엄마랑 통화하는 서빈이 목소리가 들려왔다.

전화 온 거 몰랐어……. 아씨, 오늘 하루라고! 시험 끝난 날 이것도 못 해? 중간고사보다 두 개 더 틀린 거잖아……. 형한텐 말하지 마…….

서빈이 목소리는 태하와 아람이가 떠드는 소리에 묻혀 버렸다. 내가 그 점수를 받았다면 집안 잔치를 벌였을 텐데. 서빈이가 느끼는 압박감, 부담감, 고충이 생생하게 와닿았다. 서빈이가 촬영하면서라도 실컷 놀았기를 바랐다.

나는 포카리스의 인간미를 살리는 선에서 욕과 비속어를 정리했다. 상스럽고 자극적인 말로 어그로를 끄는 유튜브도 많지만 써빈로긴은 우등생이자 모범생인 서빈이의 채널인 만큼 이미지를 지켜 주고 싶었다. 태하와 정후 사이에 시비가 붙었던 부분도 잘랐다.

내 의도에 따라 장면이 선택되고, 네 명의 캐릭터가 잡혀 나가는 걸 보고 있자니 희열이 느껴졌다. 잘하고 싶은 욕심에 전보다 시간이 더 걸렸다. 'K-중학생 기말고사 끝난 날'을 올리고 나서 얼마 뒤, 구독자도 드디어 100명을 넘겼다. 포카리스의 외모를 찬양하는 댓글들 가운데 편집에 대한 칭찬도 눈에 띄었다. 나는 그 댓글을 보고 또 보았다.

며칠 뒤 미호한테서 톡이 왔다.

— 써빈로긴 이번 영상도 좋더라. K-중학생, 콘셉트 잘 잡은 거 같아.

— ㅋㅋㅋ 감사. 근데 아직 구독자 수가…. ㅠㅠㅠ

— 그만하면 속도 빠른 거야. 100명 넘기는 데 1년씩 걸리는 경우도 많아.

— 그 정도면 그만둬야 하는 거 아님? ㅜㅜ

— ㅋㅋㅋ 그럴까 봐 내가 너네 구독자 좀 늘려 주려고.

— 어떻게?

— 써빈로긴이랑 우리랑 합방 한번 어때?

눈이 번쩍 띄었다. 미호가 친구 윤조와 함께하는 호랑조랑은 '내돈내산' 아이템에 대한 솔직한 리뷰로 인기가 많았다. 광고까지 붙은 채널에서 합동방송을 하자는 거다. 올라가는 구독자 수가 보이는 듯했다. 나는 얼른 편집자 모드가 되었다.

— 우리야 땡큐지!!!

— 너희 쪽 출연자는 두 명이면 되고, 날짜랑 시간은 조율하는 걸로.

— 오키. 뭐 찍을 건데?

— 보이스톡 하자.

나도 미호랑은 메신저보다 통화가 편했다. 벨이 울리자마자 얼른 받았다.

"즉석 사진관 리뷰 하려고."

"아, 인생네컷 같은 데?"

학원 근처에 있지만 사진을 찍어 본 적은 없었다.

"응. 그 브랜드 말고도 새로 생긴 데가 있어서 비교 리뷰 한번 해 보려고. 연말 특집으로 남자애들하고 같이 찍으면 그림 더 예쁘게 나올 것 같아서. 써빈로긴은 브이로그로 올리면 되잖아."

호랑조랑은 또래 여자애들 구미에 맞춘 채널이니만큼 써빈로긴의 브이로그 구독자층과도 겹쳤다. 분명히 큰 홍보가 될 테니 서빈이에게 시간을 짜내서라도 무조건 하라고 하고 싶었다.

"세 군데 리뷰할 건데 사진관 요금은 더치페이야."

서빈이가 그 돈 때문에 못 한다고 할 것 같진 않았다. 돈보다 시간이 문제였고, 영상 편집 방식도 걸렸다. 써빈로긴은 얼굴이 무기인데 호랑조랑은 얼굴을 가리고 찍는 채널이다. 나는 편집자

답게 그 부분을 물었다.

"합방 촬영이지만 편집은 각자 콘셉트에 맞춰서 하면 되지. 너희 채널에선 네가 책임지고 우리 얼굴 가려 주고. 네가 편집하니까 마음 놓고 같이 하자는 거야."

미호가 너희 채널이라고 하니까 써빈로긴이 마치 내 유튜브 같았다. 나는 서빈이에게 호랑조랑 채널 링크와 함께 미호의 말을 전했다. 안 한다고 하면 미호에게 내 체면을 구기는 일이기도 해서 더 열심히 합동방송이 이득인 점을 설명했다. 한참을 기다린 끝에 답이 왔다.

— 미안. 특강 때문에 이제 봤어. 잘나가는 채널이네. 어떻게 아는 애들이야?

— 한 명이 초등학교 동창이야.

— 얼굴은 안 나오던데, 예쁘냐? ㅋㅋㅋ

— 나도 초등학교 졸업한 뒤엔 안 봐서 잘 몰라. ㅋㅋㅋ

— 암튼 시간 한번 짜 볼게.

미호가 일정은 서빈이랑 직접 잡는 게 편할 것 같다고 해서 둘을 연결해 주었다. 촬영 날짜는 크리스마스 당일이고, 서빈이와 아람이가 나가기로 했다는 말을 미호에게 들었다.

“최선, 너도 나올 거지? 어떻게 변했나 보자.”

미호의 말을 듣는 순간, 나는 나가지 않기로 마음먹었다. 카메라 뒤에서 구경꾼 노릇이나 할 텐데 그런 모습으로 미호와 2년 만의 첫 만남을 가질 수는 없었다.

상자에서 상품을 꺼낸다는 의미의 언박싱에는 새 상품을 최초 공개한다는 뜻도 있다. 나는 중학생 최선우를 미호 앞에 제대로 언박싱하고 싶었다.

삭제된 메시지입니다

잠에서 깨니 11시가 다 돼 가고 있었다. 새벽 3시까지 게임을 해서 늦잠을 잤다. 침대에 누운 채 휴대폰을 보았다. 지금쯤이면 한창 합방 영상을 찍고 있겠지. 미호와 연결해 준 다음부터 서빈이는 아무런 연락이 없었다. 미호와 이 일에 대해 대화할 땐 모른다고 하기가 창피해 아는 척하곤 했다.

촬영보다 당장 내 발등에 떨어진 불은 어제 나이스에 뜬 성적이었다. 내 성적은 여느 때처럼 B에서 D까지의 등급이 두루 포진했지만 점수로 따지면 중간고사보다 떨어졌다. 문제는 영상 편집하느라 방에 틀어박혀 있던 걸 시험공부 하는 거라고 오해한 엄마 아빠였다. 이번에는 D등급이 없을 거라고 기대하던데…….

마침 어제 엄마는 친구 어머니의 장례식에 가서 밤늦게 돌아왔고, 아빠는 야간 근무여서 마주칠 일이 없었다. 주말 오전은 아침도 각자 챙겨 먹고 서로를 방해하지 않는 게 우리 집 룰이다. 오늘 점심이 성적 나온 뒤 엄마 아빠와의 첫 대면인 셈이니 좀 눈치껏 굴어야 한다.

닦달하거나 다그치지 않을 뿐이지 엄마 아빠도 다른 집 부모님들처럼 자식의 성적에 신경을 곤두세우는 건 마찬가지였다. 문득 서빈이가 우리 집 아들이었다면 엄마 아빠의 칭찬을 물리게 들었을 텐데 하는 생각이 들었다. 반대로 내가 서빈이네 집 아들이었다면? 나는 질문을 다 마치기도 전에 고개를 저었다.

노크 소리가 났다. 허둥지둥 책상 앞에 앉아 아무 책이나 집어 드는데 언제나처럼 대답도 하기 전에 문이 열렸다. 아빠였다.

"아들, 점심 시켜 먹을 건데 뭐 먹고 싶어?"

책이 손에서 떨어지며 몸이 저절로 아빠 쪽으로 향했다.

"엄마 아빠는 뭐 먹을 건데?"

"엄마는 우동처럼 국물 있는 거 먹고 싶대. 그래서 나는 알밥 시킬까 하고."

"일식이네. 그럼 나는 치즈돈가스."

아빠가 배달 앱으로 주문을 했다.

"엄마 지금 뭐 해?"

나는 방을 나가려는 아빠에게 물었다.

"아직 누워 있어. 어제 조문 가서 힘들었나 봐. 왜?"

"아무것도 아냐."

아빠가 아무 말 없이 내 어깨를 한번 두드리곤 방을 나갔다.

방에서 책 보는 시늉을 더 하다 음식이 올 때쯤 해서 거실로 갔다. 아빠는 소파에 누워 해외 야구를 보고 있었다. 나는 세수를 하고서 음식이 오면 바로 먹을 수 있도록 식탁에 수저와 컵을 놓았다.

방에서 나온 엄마는 푸석한 얼굴에 목소리도 잔뜩 잠겨 있었다. 야간 근무를 한 아빠도 얼굴이 꺼칠했고, 조금 전 세수하면서 본 내 눈 밑에도 다크서클이 드리워져 있었다. 다들 힘든 밤을 보냈으니 점심은 기분 좋은 이야기만 하면서 맛있게 먹으면 좋으련만. 크리스마스이기도 하니까.

엄마 아빠는 어제 다녀온 장례식 이야기를 나눴다. 나는 엄마 아빠가 대화를 나누는 틈에 열심히 돈가스를 먹었다. 거의 다 먹어 갈 때쯤 드디어 화제가 나로, 아니 내 성적 이야기로 바뀌었다.

"참, 최선우, 성적 나왔더라. 이번엔 좀 오를 줄 알았는데……."

엄마가 평소에 나를 부르는 '마이 썬'이나 '썬' 같은 애칭이 아니라 '최선우'였다. 목소리까지 가라앉아 있어 실망이 더 크게 느껴졌다. 아무리 사춘기의 총량을 채우는 시기라고 해도 부모님을 실망시키는 게 아무렇지 않은 건 아니었다. 그럴 때마다 미안함과 두려움 같은 감정이 소용돌이쳤다. 그게 너무 잠깐이라 각성에 큰 영향을 끼치지는 않지만 말이다.

"시험이 어려웠어?"

아빠가 내게 물었는데 엄마가 대신 대답했다.

"그럼 다른 애들도 어려웠겠지. 이제 벼락치기로는 성적 올리기 힘들어. 곧 중3인데."

평소보다도 공부를 덜한 나는 할 말도, 면목도 없어 잠자코 있었다. 만일 톡이었다면 'ㅠㅠ'나 사과하는 이모티콘이라도 남발했을 텐데.

"어제, 애들 공부 이야기가 나왔는데 선우처럼 월수금만 학원 다니는 애는 없더라고. 따로 인강을 더 듣거나 과외를 하든지 하지."

친구 어머니 장례식장에 가서도 자식 공부 이야기라니. 나도 나중에 결혼하고 자식이 생기면 부모보다 자식이 더 중요해질까.

"썬, 그래서 말인데 이번 방학에는 특강도 듣는 거 어때?"

드디어 엄마가 말하고자 하는 용건이 나왔다. 그 성적을 받아 놓고 안 하겠다고 버티기가 염치없었다. 나는 타협안을 제시했다.

"주 3일만."

주 5일 꼬박 '텐텐'은 자신 없었다.

"알았어. 학원 선생님하고 상담해서 등록할게."

엄마는 내가 더 강하게 버틸 줄 알았는지 이 정도로 만족한 표정이었다. 나도 성적 얘기가 끝나서 홀가분했다.

방으로 돌아오자 아이들의 합방이 다시 신경 쓰였다. 안 가겠다고 한 거면서도 내가 연결해 준 판에서 재미있게 놀고 있을 아이들을 상상하니 배가 살살 아팠다. 그 생각만 하고 있기 싫어 명제에게 게임에 들어오라는 메시지를 보냈다.

책상 앞에 앉는데 카톡 알림이 울렸다. 명제가 아니라 정후였다. 그런데 요즘은 사용하지 않는 STARS 단톡방에 프랜차이즈 카페의 기프티콘을 올렸다. 무려 5만 원짜리였다. 뭔지 알 수 없어 보고만 있는 사이 기프티콘이 사라지고 '삭제된 메시지입니다.'라는 문구만 남았다. 처음에는 어리둥절했지만 곧 무슨 상황인지 짐작이 됐다. 정후가 서빈이에게 기프티콘을 보냈다가 포카리스 방이 아니라 나까지 있는 방인 걸 알아차리고 삭제한 거였다.

나한테는 연락이 없었지만 자기네끼리는 오늘 일을 말했나 보았다. 삭제된 기프티콘처럼 나도 지워진 느낌이었다. 나도 내 일에 열중해서 그 애들을 잊고 싶었다. 연락이 와도 까맣게 모르고 있다가 한참 뒤에야 보고 '어, 미안. 톡 온 줄 몰랐어.'라고 답하고 싶었다. 그래서 카톡 알림 소리를 꺼 놓았지만 명제랑 게임을 하면서도 자꾸만 휴대폰 쪽으로 신경이 쏠렸다. 한 판이 끝나고 휴대폰을 보니 아람이의 인스타그램에 새 게시물이 올라와 있었다.

쟁반에 담긴 음료수 네 잔과 타르트, 샌드위치, 머핀, 스콘 사진이었다. 조금 전 정후가 보냈던 기프티콘의 카페였다.

미호와 윤조도 카페에 함께 갈 줄은 몰랐다. 벌써 그렇게 친해진 걸까. 서빈이의 서글서글한 태도와 아람이의 붙임성이 처음 보는 사이의 뻘쭘함도 날려 버렸겠지. 나는 사진을 확대해 음료수에 비친 그림자를 살펴보다가 그런 자신이 창피해 그만두었다.

30분 뒤, 서빈이가 동영상을 보내왔다. 나는 명제한테 욕을 먹으며 급하게 게임방을 나왔다. 영상을 다운받으면서 미호에게 톡을 보냈다.

— 서빈이한테서 지금 막 영상 받았어. 편집할 때 너희 얼굴 가리는 거 말고 주의할 거 있어?

촬영 현장에는 없었지만 내가 삭제된 존재가 아님을 알려 주고 싶었다. 미호는 톡을 확인하지 않았다.

서빈이와 아람이만 나오는 앞의 장면들은 빠르게 돌려 보다가 미호와 윤조가 등장하는 장면에서 멈추었다. 미호는 좀 더 통통해지고 이마에 여드름이 몇 개 났을 뿐 초등학생 때처럼 귀여웠다. 윤조는 어른스럽고 세련된 분위기가 풍겼다. 촬영의 목적을 잊지 않는 미호, 윤조와 달리 서빈이와 아람이는 들떠 있는 게 확연히 보였다.

사진관에서 모자와 머리띠, 가발, 안경 같은 소품들을 착용해 보며 장난치는 동안 분위기가 점차 편해졌다. 언제나 자신감 넘치던 서빈이가 쑥스러워하는 모습에 화면은 달달한 학원 멜로물이 되었다. 그 자리에 끼지 않길 정말 잘했다고 생각하면서도 못내 아쉬웠다. 나는 아이들이 웃고 떠들며 소품을 고르고, 포즈를 취하고, 사진을 찍고, 프린트를 하고, 사진을 보며 또 한바탕 웃는 모습을 TV 보듯 보았다. 두 번째 사진관으로 이동할 때쯤 되자 아이들 사이는 몇 번이나 만난 것처럼 친근해 보였다.

미호한테서 전화가 왔다. 서빈이, 아람이와 헤어진 뒤 리뷰에 필요한 영상을 더 찍느라 이제 끝났다고 했다. 마침 영상을 보던 중이어선지 미호의 목소리가 달뜬 것처럼 들렸다.

"덕분에 영상 잘 찍었어. 우리는 얼굴만 확실하게 가려 주면 돼. 그리고 팁 하나 주자면 호랑조랑은 리뷰 채널이라 필요 없지만 써빈로긴은 출연자끼리 썸 분위기를 살짝 넣는 것도 좋아."

나도 미호 의견에 동의했다. TV 예능 프로그램에서 굳이 러브라인을 만들어 출연자들끼리 엮는 데에는 다 이유가 있다.

"오케이. 그리고 맘에 드는 애 있으면 말해라. 다리 놔 줄게."

일부러 한 말이었다. 가짜 고백 했던 흑역사를 덮고, 이제 우리는 순수한 친구 사이라는 걸 강조하기 위해서였다. 미호보다

나 자신에게.

"둘 다 내 스타일 아님."

미호의 단호한 대답이 어쩐지 마음에 들었다. 나는 비즈니스 썸을 만들기 위해 매의 눈으로 화면을 다시 보았다. 아람이가 긴 머리 가발을, 윤조가 검은 페도라를 선택하는 장면이 있었다. 좋아, 둘은 코믹 러브라인. 뭐든지 잘할 것 같은 서빈이가 미호의 지시에 어리바리 포즈를 취하는 모습은 꽁냥꽁냥 썸. 벌써 호랑조랑 채널 구독자가 써빈로긴으로 유입되는 게 보이는 것 같았다. 나는 또다시 머릿속에 황금알 낳는 암탉이 될 병아리를 키우기 시작했다.

두 시간이 넘는 영상을 11분짜리로 압축했다. 합의한 대로 미호와 윤조 얼굴은 확실하게 가렸고, 서빈이와 미호, 아람이와 윤조 사이에 썸이 있는 것처럼 편집했다. 편집본을 미호에게 보내 얼굴 가린 것도 확인받았다.

'K-중학생 인생 사진' 영상은 호랑조랑에서 적극적으로 홍보해 준 덕분에 대박이 났다. 내가 편집을 맡고 한 달 만에 31명이었던 구독자가 346명이 됐다. 수치상으로 열 배가 넘게 상승한 셈이었다. 호랑조랑이 올린 영상도 다른 콘텐츠보다 조회수가 높았다. 종종 합방해 달라는 댓글이 있는 걸 보면 결과는 윈윈이었다.

서빈이가 모바일 문화상품권을 보내며 다음에는 뭘 찍을지 의논해 왔다.

— 다 함께 모일 시간 없으면 너 혼자 찍어도 좋고. 과학고 지망하니까 공부 방법 궁금해하는 구독자도 있을 거야.

서빈이가 잘생기고, 잘 노는 데다가 공부까지 잘한다는 걸 보여 주면 호랑조랑으로 유입된 구독자들이 좋아할 것 같았다. 어느새 나는 편집뿐 아니라 적극적으로 기획까지 할 정도로 써빈로긴에 진심이 되어 있었다.

— 그럼 방학 때는 뭐 찍지?

— K-중학생 슬기로운 방학 생활 어때? 뭉치기 힘들면 각자 짧게 찍어서 합치면 될 듯. 정후도 찍을 수 있으면 좋고.

정후는 방학도 하기 전에 체험학습을 신청해서 상하이로 떠났다.

— 오케이. 애들하고 의논해 볼게. 고맙다! 너 아니었으면 유튜브 못 했을 거야.

반 아이들이나 구독자들은 내가 편집한다는 걸 모르고, 포카리스하고도 교실에서는 알은체를 하지 않지만 나는 엄연히 써빈로긴의 편집자이자 연출자였다. 서빈이가 잊지 않고 그 공을 인정해 주니 뿌듯했다. 이렇게 말하면 서빈이가 일방적으로 내 덕을 보는 것 같지만 나 역시 유튜브 편집이 아니었으면 밍밍하고 심심하게 한 해를 마감했을 거다. 미호와 다시 연락이 되고 또 계속 친구로 지내게 된 것도 다 써빈로긴 덕분이었다.

새해 첫날

새해 첫날이 되었다. 집에서 쉬다가 오후에 엄마 본가인 안양 할머니 댁에 가서 저녁을 먹기로 했다. 아빠는 주간 근무라서 엄마랑만 간다. 어릴 때는 할머니가 자주 반찬을 해 오고, 나도 주말이면 놀러 가곤 했는데 중학생이 된 다음부턴 특별한 날에나 가게 되었다.

"삼촌네도 와?"

나는 식빵에 잼을 바르며 물었다. 엄마와 느긋하게 아점을 먹는 중이었다. 사촌인 쌍둥이도 보고 싶었다. 아직 유치원생인 두 아이와 노는 게 꽤 재미있었다. 숙모는 할머니 집에 오면 나 덕분에 아이들에게서 해방된다며 용돈을 두둑하게 주곤 했다.

"아니, 스키장에 갔어."

엄마가 식탁 위에 있던 태블릿으로 숙모의 인스타그램을 보여주었다. 스키를 타러 간 게 아니라 화보를 찍으러 간 듯 사진이 많았다. 온 가족이 스키복을 입고 설원 위에서 찍은 사진은 마치

홈페이지 www.munhak.com **카페** cafe.naver.com/mhdn
북클럽 bookclubmunhak.com **트위터** @kidsmunhak **인스타그램** @kidsmunhak
문의전화 (02)3144-3237(편집) (031)955-3576(마케팅)

001 **우리들의 아름다운 나라** 김진경 장편소설
국립어린이청소년도서관 사서추천도서 | 행복한아침독서 추천도서

002 **순간들** 장주식 장편소설
한국도서관협회 우수문학도서

003 **어떤 고백** 김리리 소설
학교도서관저널 추천도서 | 행복한아침독서 추천도서

004 **손톱이 자라날 때** 방미진 소설
간행물윤리위원회 청소년저작발굴사업 당선작 | 학교도서관저널 추천도서 | 국립어린이청소년도서관 사서추천도서

006 **불량 가족 레시피** 손현주 장편소설
제1회 문학동네청소년문학상 대상 | 한국도서관협회 우수문학도서 | 학교도서관사서협의회 추천도서 | 국립어린이청소년도서관 사서추천도서

007 **괴물, 한쪽 눈을 뜨다** 은이정 장편소설
한국도서관협회 우수문학도서 | 한국도서관사서협의회 추천도서

009 **날짜변경선** 전삼혜 장편소설
책따세 추천도서 | 어린이도서연구회 권장도서 | 한우리 추천도서

010 **오, 나의 남자들!**
이현 장편소설

011 **도둑의 탄생** 김진나 장편소설
국립어린이청소년도서관 사서추천도서

012 **검은개들의 왕** 마윤제 장편소설
제2회 문학동네청소년문학상 대상 | 한국도서관협회 우수문학도서 | 학교도서관사서협의회 추천도서 | 국립어린이청소년도서관 사서추천도서

013 **괴담** 방미진 장편소설
2012 문화체육관광부 최우수교양도서

016 **상큼하진 않지만** 김학찬 장편소설
한국도서관협회 우수문학도서

017 **그치지 않는 비** 오문세 장편소설
제3회 문학동네청소년문학상 대상 | 한국도서관협회 우수문학도서 | 국립어린이청소년도서관 추천도서 | 책따세 추천도서 | 국립중앙도서관 추천도서

018 **수다쟁이 조가 말했다** 이동원 장편소설
한국도서관협회 우수문학도서

019 **플레이 플레이, 은하고** 김재성 장편소설

020 **아는 척** 최서경 장편소설
제3회 문학동네청소년문학상 수상작 | 세종도서 문학나눔 선정도서

021 **흑룡전설 용지호** 김봉래 장편소설
제4회 문학동네청소년문학상 대상 | 문학나눔 선정도서 | 오픈키드 추천도서

025 **청소년을 위한 나는 말랄라**
말랄라 유사프자이·퍼트리샤 매코믹 지음
"한 명의 어린이가, 한 권의 책이, 한 자루의 펜이 세상을 바꿀 수 있습니다."

026 **숲의 시간** 김진나 장편소설

027 **변두리** 유은실 장편소설
오픈키드 추천도서 | 국립어린이청소년도서관 사서추천도서 | 권정생문학상 수상작 | 2016 북토큰 추천도서

028 **창밖의 아이들** 이선주 장편소설
제5회 문학동네청소년문학상 대상
2016 아침독서 추천도서

029 **싸우는 소년** 오문세 장편소설
2016 아침독서 추천도서

030 **소년소녀 진화론** 전삼혜 소설

035 **테오도루 24번지** 손서은 장편소설
제6회 문학동네청소년문학상 대상 | 2016 청소년교양도서 | 학교도서관저널 추천도서 | 북토큰 추천도서

036 **멧돼지가 살던 별** 김선정 장편소설
책따세 선정도서 | 한우리 필독서

037 **나의 슈퍼히어로 뽑기맨** 우광훈 장편소설
제7회 문학동네청소년문학상 대상 | 대구 올해의 책 | 세종도서 문학나눔 선정도서

050 우리는 난민입니다 말랄라 유사프자이·리즈 웰치 지음

노벨평화상 수상자 말랄라가 만난 여성, 청소년, 난민이라는 이름의 얼굴

여성의 교육받을 권리를 위해 싸우는 최연소 노벨평화상 수상자 말랄라 유사프자이가, 이번에는 자신이 만난 여성 청소년 난민들의 목소리를 우리에게 들려준다. 이 책을 통해 우리는 난민이라는 이름으로 뭉뚱그려지는 존재들이 아닌, 자이나브, 사브린, 무준, 나일라라는 이름의 얼굴들을 떠올릴 수 있다.

051 행운이 너에게 다가오는 중 이꽃님 장편소설

내가 너의 행운이 될 수 있을까?

『세계를 건너 너에게 갈게』의 이꽃님 작가가 그리는 또 하나의 기적. 톡톡톡, 닫혀 있던 한 세계를 향한 노크 소리가 들려오기 시작한다. 행운이 간절한 아이들 곁으로 누군가가 다가온다. 인생을 지독하게 만드는 것은 인간이지만, 그 인생에 손을 내미는 것 또한 언제나 인간이니까.

한국출판문화산업진흥원 2020 우수출판콘텐츠 선정작 | 2021 아침독서 추천도서
부산시공공도서관 이달의 책 (2021년 3월) | 2021 원주 한 도시 한 책 | 2021 의정부 올해의 책

052 살아 있는 건 두근두근 보린 소설

쓰다듬고 마주 안고 먹고 먹히고
살이 되고 살을 만들고 살로 살아가고…

'살'이란 무엇일까? 외부를 감각하고 타인과 부딪치고 또 고기가 되어 누군가의 살이 되는 살. 이 소설은 과거, 현재, 미래를 배경으로 인간과 안드로이드, 기계 '소'와 제물로서 사육되는 곰 등이 살아가는 세계 안에서, '살(고기)'의 세 가지 변주를 담았다.

053 궤도의 밖에서, 나의 룸메이트에게 전삼혜 장편소설

"너는 나의 세계였으니, 나도 너에게 세계를 줄 거야."
끝내 살아남을 사랑의 기록

다가오는 토요일, 지구는 검은 구름으로 뒤덮이겠지만 한 사람만은 반드시 무사할 예정. 무사함을 가능하게 한 것은 달의 뒷면처럼 보이지 않는 누군가들의 간절함이었다. 그러니까 이것은, 마지막 순간까지 서로를 놓지 않은 연대의 기록이자 한 세계가 끝나도 결코 사라지지 않을 사랑의 연대기.

2021 문학나눔 선정도서 | 2022 아침독서 추천도서 | 2022 화이트레이븐스 선정

056 모범생의 생존법 황영미 장편소설

나쁘지 않은 성적, 그건 이 세계를 견디기 위한 최소한의 보험 같은 거야.

『체리새우: 비밀글입니다』 작가 황영미의 새 청소년소설. '모범생'이라는 이름으로 뭉뚱그려지는 전교 N등들을 위한 일상 생존 매뉴얼이 담겼다. 본격적인 수험 생활에 진입하는 시기, 열일곱 살의 봄을 맞이한 아이들의 일상 분투기를 만나 보자.

2022 어린이도서연구회가 뽑은 청소년책

057 **훌훌** 문경민 장편소설

과거를 싹둑 끊어 내면, 나의 내일은 가뿐할 텐데.

과거와의 단절을 선언하며 독립을 꿈꾸던 열여덟 살 유리가 곁의 사람들과 연결되어 가는 과정을 그렸다. 마음과 마음은 연결될수록 가벼워지기도 하는 것. 버거운 덴 각자의 이유가 있을지라도, 가뿐해지는 방법은 어쩌면 하나뿐일지 모른다.

제12회 문학동네청소년문학상 대상 | 2023 원주 한 도시 한 책 | 제14회 권정생문학상 수상작
2024 전남, 양주, 완주 올해의 책

060 **얼토당토않고 불가해한 슬픔에 관한 1831일의 보고서**

조우리 장편소설

소수는 특별해. 아주 단단한 숫자들이지. 넌 소수처럼 단단해질 거야.

5년 전 7월 19일, 동생 혜진이가 사라지고 1831일이 흘렀다. 맙소사, 모든 숫자가 소수잖아! 기이한 우연이 겹치는가 싶더니 마침내 혜진이를 목격했다는 증인이 나타난다. 그래, 말도 안 되는 슬픔이 불쑥 덮쳐오는 게 인생이라면, 그 슬픔을 견디게 하는 선의 또한 불쑥 찾아올 수 있는 거야.

061 **오늘의 인사** 김민령 소설

오늘의 교실은 15도 정도 각도를 튼 것처럼 느껴졌다.
어쩌면, 오늘의 내가 살짝 기울어져 있는지도.

허리를 삐끗하기 전엔 내 허리가 제대로 붙어 있는지 생각해 본 적이 없었어. 먼지는 늘 여기에 있지만 햇빛이 비치지 않으면 보이지 않지. 나나가 결석한 오늘 나는 그 어느 때보다도 많이 나나를 생각했어. 만약 내가 없으면, 그 빈자리는 어떻게 보일까? 청량하고 애틋하게 오늘의 다름을 알아채는 일곱 편의 이야기.

2023 문학나눔 선정도서

062 **노파람이 아르바이트를 그만둔 날** 허진희 장편소설

그 아르바이트, 해 볼게요. 저에겐 집을 떠나 보고 싶은 이유가 있거든요.

『독고솜에게 반하면』으로 문학동네청소년문학상 대상을 받은 허진희 작가의 두 번째 장편소설. 열일곱 살의 겨울방학, 노파람은 숙식 제공 아르바이트 제안을 받고 집을 나선다. 세상의 눈을 피해 운영되는 식당, '헤븐'으로. 난생처음 가족이란 울타리를 벗어난 노파람은 무엇을 마주하게 될까.

2024 아침독서 추천도서

063 **고요한 우연** 김수빈 장편소설

나는 네가 궁금해졌어. 아주 많이.

교실에서 늘 돋보이는 아이 '고요', 조용하지만 어쩐지 궁금해지는 아이 '우연'. 매일 밤 나랑 익명으로 대화를 나누는 이는 정말로 두 사람 중 한 명인 걸까? 온라인과 오프라인 세계를 넘나들며, 달의 뒷면처럼 영영 볼 수 없을 것만 같았던 누군가의 이면이 차츰 드러나기 시작한다.

제13회 문학동네청소년문학상 대상 | 2023 올해의 청소년교양도서 우수선정도서
제1회 신구문화상 | 2024 양주시 올해의 책 | 2024 아침독서 추천도서

광고의 한 장면 같았다. 화사한 미소를 짓고 있는 셀카 속 숙모는 필터를 강하게 쓴 탓인지 꼭 다른 사람 같아 보였다.

"이 정도면 사기 아니니? 역시 SNS는 믿을 게 못 돼."

엄마는 고개를 저었다.

"엄마처럼 부러워하는 사람들 때문에 사람들이 SNS를 하는 거야."

"얘는, 내가 언제 부러워했다고 그래? 그저 과장이 좀 많이 됐다는 말이지"

엄마는 민망한 표정으로 커피를 후루룩 마셨다.

할머니는 떡국은 물론 내가 좋아하는 갈비찜과 잡채까지 잔뜩 해 놓았다. 집에서는 먹기 힘든 음식이라 양껏 먹을 준비가 돼 있었다. 할머니에게 가장 하기 쉬운 효도이기도 했다.

저녁 식사는 화기애애한 분위기에서 시작됐다. 할머니는 음식을 권하느라 바빴고, 할아버지는 대화 상대가 있어서 좋은지 말을 많이 했다. 요즘 고전 공부 모임에 나간다는 할아버지는 퇴직한 지 20년이 넘었는데 여전히 교장 선생님인 것 같았다.

"아이고, 애들 편히 먹게 말 좀 그만해요. 최 서방도 올 줄 알고 많이 했는데. 이따 갈 때 다 싸 가."

할머니가 말했다. 교장 선생님 훈화 같은 이야기를 막아 준 것도 반갑고 음식을 싸 준다는 것도 좋았다. 하지만 할머니의 말은 평화롭던 분위기를 깨뜨리는 도화선이 되었다.

"최 서방은 언제까지 거기서 일한다던?"

할아버지 목소리에는 지금까지와 달리 못마땅한 기색이 역력했다.

"잘 다니고 있는 사람한테 뭘 언제까지예요."

엄마가 날 선 목소리로 대꾸했다.

나는 할아버지 말을 한쪽 귀로 흘려들으며 열심히 갈비찜을 먹다 갑자기 싸해진 분위기에 고개를 들었다. 할머니가 '괜찮아.' 하는 눈빛으로 내 밥그릇에 갈비찜 속 밤을 올려 주었다.

"잘 다니고 있으면 돼? 제자리로 돌아갈 궁리를 해야지."

"무슨 제자리요? 선우 아빠 왕따시키고, 결국 제 발로 나오게 한 곳이요?"

엄마가 젓가락을 놓고 따지듯이 물었다.

"최 서방만 튕겨 나왔지, 거긴 아무 일도 없었던 듯이 굴러가잖니."

할아버지도 수저를 놓았다.

"도대체 언제까지 그 얘기를 하실 거예요? 선우 아빠는 지금 직장에 만족하고 있으니 이제 그만하세요."

엄마는 자리를 박차고 일어서고 싶은 걸 나와 할머니 때문에 간신히 참는 눈치였다. 할아버지도 나를 슬쩍 보더니 입을 다물었다. 할머니가 분위기를 바꾸려는 듯 단감이 담긴 접시를 들고 왔다. 단감은 엄마가 제일 좋아하는 과일이었다. 엄마는 단감을 깎고, 할아버지는 혼자 술잔을 비우고, 나는 남은 밥을 마저 먹었다.

나도 할아버지와 엄마가 무슨 이야기를 하는 건지 알았다. 아빠는 원래 대기업에 다녔다. 그런데 내가 초등학교 4학년 때 내부 고발이라는 걸 했다. 아빠네 부서와 하청업체 사이에서 일어나고 있는 비리를 고발한 것이다. 누구도 내게 따로 설명해 주지 않았지만 엄마 아빠의 대화, 또 엄마 아빠가 할머니 할아버지, 지인들과 하는 이야기를 듣고 알았다.

그 일로 아빠 부서의 상사들은 약한 징계를 받았고 아빠는 따돌림을 당하다 결국 회사를 그만두었다. 그러고 나서는 할아버지가 제자리라고 말하는 곳으로 돌아가지 못했다. 2년 전 공항에 취직하기 전까지 아빠는 여러 직업을 거쳤다. 택배 기사, 대리 운전, 친척이 운영하는 학원 차 운전……. 집안 살림을 하며 자격증 공부를 한 적도 있었다.

거실 창으로 눈발이 흩날리는 게 보였다. 엄마는 내가 숟가락을 놓자마자 도로 사정을 핑계 삼아 일어섰다. 할머니가 허둥지둥 음식을 싸 주었고, 할아버지는 엄마 눈치를 보더니 헛기침을 하곤 내게, "설 때는 아빠랑 같이 와." 했다. 그래도 엄마의 굳은 표정은 풀리지 않았다.

엄마와 나는 할머니의 배웅을 받으며 집을 나왔다. 쌍둥이와 장난치며 놀던 정원이 빈 가지를 늘어뜨리고 선 나무들 때문에 황량한 느낌이었다. 마음 탓인지 사철 푸른 주목나무마저 추워 보였다.

와이퍼를 작동해야 할 정도로 눈이 많이 내렸다. 엄마는 말없이 운전만 했다. 아직 7시도 안 됐는데 늦은 밤 같았다. 차 안에 흐르는 재즈 때문에 더 가라앉은 느낌이었다. 하지만 엄마의 기분을 달래 주고 있을 테니 내 마음대로 음악을 바꿀 수는 없었다. 집이라면 내 방으로 피하면 되는데 지금은 달리는 차 안이었다.

휴대폰 게임을 하고 싶은 걸 꾹꾹 눌러 참으며 밖을 보았다. 도로에 염화칼슘을 뿌리는 제설차가 보였다. 이제는 눈이 오면 제설차를 운전하는 아빠 모습이 떠올랐다.

아빠 편을 들긴 했지만 엄마도 사실은 할아버지와 같은 생각인 건 아닐까. 아빠 또한 우리한테만 일이 즐거운 척하는 건지도 모른다. 생각이 꼬리를 물고 이어졌다.

현관문을 열고 집 안으로 들어가자 씻고 나오던 아빠가 놀란 얼굴을 했다.

"늦을 줄 알았더니 일찍 왔네."

엄마는 대꾸 없이 방으로 들어갔다. 나는 엄마한테 내가 들고 있는 음식을 어떻게 하느냐고 물으려다 보따리째 그냥 냉장고에 넣었다. 목에 수건을 건 채 분위기를 살피던 아빠가 내게 눈으로 무슨 일인지 물었다. 모르는 척 이 자리를 피하고 싶었지만 왠지 아빠가 불쌍했다.

"저녁 먹었어?"

내가 물었다.

"아직 안 먹었지. 라면이나 끓여 먹을까 하던 참이었어."

"잠깐만 기다려."

나는 냉장고에서 다시 음식 보따리를 꺼냈다. 잡채와 갈비찜을 접시에 덜어 전자레인지에 데우는 동안 상을 차렸다.

"맛있겠다."

전기밥솥에서 밥을 퍼 온 아빠가 식탁에 앉았다. 나도 맞은편에 앉았다. 새해 첫날인데 아빠가 밥을 먹는 동안만큼은 함께 있어 주고 싶었다.

"엄마 왜 저래? 할머니 집에서 무슨 일 있었어?"

잡채부터 한 젓가락 먹은 아빠가 작은 소리로 물었다.

"그냥 회사 다니지, 그런 건 왜 했어?"

나는 할머니네서 아슬아슬했던 마음, 오는 차 안에서 짊어지고 있었던 긴장감을 터뜨리듯 말했다.

"할아버지가 또 한 말씀 하셨구나."

아빠가 슬그머니 내 눈을 피했다.

"엄마랑 할아버지, 크게 터질 뻔했어."

아빠는 잠자코 밥을 먹었다. 나는 도중에 일어서기도 뭐해 휴대폰을 들여다보았다.

"최선우."

아빠가 내 이름을 불렀다.

"너도 아빠가 비리를 눈감고 그냥 회사에 다녔으면 좋았겠냐? 아빠가 그런 사람이면 좋겠어?"

아빠가 나를 보며 물었다. 이번엔 내가 그 눈길을 피했다. 할아버지 말을 들을 때는 아빠한테 그냥 다니지, 하는 마음이었는데 아빠의 질문을 받자 선뜻 그렇다는 대답이 나오지 않았다.

"어쨌든 대기업을 그만둔 건 아까워."

솔직한 마음이었다.

"선우야."

아빠의 목소리가 무거웠다.

"아빠는 그 대기업이란 말이 좀 그렇다. 대기업이라서 아빠 행동을 더 용기 있게 봐 주거나, 더 아까워하는 게 싫어. 만일 회사가 작고 이름 없는 데였으면 내가 한 일의 가치와 의미가 달라지는 건가?"

아빠의 질문이 내게는 어쩐지 대기업에 다녔으면 지금보다 더 괜찮은 아빠로 여길 건지, 또는 더 사랑할 건지 묻는 것 같았다.

"그, 그건 아니지……."

설거지하는 아빠를 두고 내 방으로 들어왔다. 집 안은 침묵에 잠겨 있었다. 새해 첫날이 이렇게 가라앉은 분위기로 마무리되는 게 우울해지려는 순간, 카톡 알림이 울렸다. 미호가 통화 가능하냐고 물었다. 나는 얼른 보이스톡을 걸었다.

"너 학원 어디 다녀?"

미호가 다짜고짜 물었다. 새 학년 앞두고 학원 관련 유튜브를 찍으려는 건가?

"진솔프라임. 학원은 왜?"

미호는 그동안 EBS 강의를 들으며 혼자 공부를 해 왔다고 했다. 학원은 초등학교 6학년 겨울방학 때 예비 중학 반에 다닌 게 다였다고. 6학년이란 단어가 나오자 가짜 고백이 생각나 뒷덜미가 뜨거워졌다. 다행히 미호는 그 이야기를 언급하지 않았다.

"다른 과목은 대부분 A 나오는데 영, 수가 B야. 지금 안 해 놓으면 3학년 가서 더 떨어질 거 같아."

초등학생 때는 비슷했었는데 그사이 벌어진 성적 차이가 엄청 났다. 미호가 내 성적을 물어 올까 봐 은근히 걱정됐다.

"공부하려면 아는 애들 없는 데로 다니는 게 좋다고 해서. 너희 학원 어때? 잘 가르쳐?"

같은 학원에 다닌다고? 미호랑? 나는 허둥지둥 방학 특강에 대해 아는 대로 설명했다. 학원 자습실과 휴게실 시설이 좋다는 이야기도 덧붙였다. 그런데 나는 아는 애 아닌가? 내가 그만큼 미미한 존재라는 뜻인가? 다시 절친으로 돌아갔다고 생각했는데 좀 서운했다.

"월수금 오전 특강 좋다. 학원 가는 날은 너랑 같이 점심 먹고 자습하다 와야겠다."

너랑 같이! 서운했던 마음이 싹 사라졌다. 그만큼 내가 편하다는 뜻이겠지. 그리고 친구 사이에 학원에서 만나는 것만큼 자연스러운 일도 없다. 미호와의 첫 재회에 대한 부담감도 확 줄었다.

"참, 윤조랑은 학원 같이 안 다녀?"

문득 생각이 나서 물었다. 초등학생 때면 몰라도, 지금 미호의 베프는 누가 봐도 윤조였다.

"윤조는……, 다른 학원 다닐 거야. 그리고 아직 공지는 안 했는데 호랑조랑도 좀 쉬기로 했어."

그동안 그렇게 열심이었는데, 구독자도 계속 늘고 있는데 쉬다니 이상했다.

“갑자기 왜? 무슨 일 있어?”

“뭐, 그냥…….”

미호가 얼버무렸다. 둘이 학원도 다른 데로 다니고 유튜브도 쉬고, 혹시 싸웠나? 3학년을 앞두고 공부에 집중하려고 그러는 걸 수도 있었다. 우리는 방학하면 학원에서 만나기로 하고 전화를 끊었다. 미호와 함께 다닌다고 생각하니 특강이 싫지만은 않았다. 집안 분위기 때문에 우울하던 새해 첫날이 기분 좋게 마무리되고 있었다.

하지만 새해 첫날은 아직 끝난 게 아니었다. 11시쯤 됐을 때 서빈이가 오늘 찍은 거라면서 영상을 보내왔다. 무려 아이패드 언박싱 영상이었다.

— 너 아이패드 샀어?

— 어. 새해 선물.

최신 버전 아이패드와 함께 시작하는 새해라니! 나도 너무너무 갖고 싶지만 꿈도 못 꾸는 물건이 바로 아이패드였다.

— 이거 올리면 조회수 폭발할 거 같은데!!

나는 흥분해서 톡을 보냈다. 지금까지 올린 콘텐츠 중 스마트 워치 언박싱 영상 조회수가 가장 높았다. 아이패드는 훨씬 더 높을 거다.

— 구독자 천 명 가자!

서빈이가 주먹을 불끈 쥔 이모티콘을 올렸다.

조회수가 구독자 수로 다 이어지는 건 아니지만 채널을 알리는 데 큰 효과가 있었다. 현재 써빈로긴의 구독자가 500명을 넘었으니 이 속도면 천 명도 과한 기대는 아니었다. 나는 하던 것만 끝내고 게임을 멈추었다. 편집자로서뿐 아니라 구독자로서도 아이패드 언박싱을 빨리 보고 싶었다.

편집

동영상 속 서빈이는 부모님이 사이판으로 골프 여행을 가서 집에 자기 혼자라고 했다. 새해 첫날 집에 혼자 있는 기분은 어떨까. 나도 평소엔 혼자 있는 적이 많지만 이름 붙은 날에 완전히 혼자였던 적은 없었다.

"이모님이 먹을 걸 많이 해 놓으셔서 굶지는 않았어요."

카메라를 보고 말하는 데 능숙해진 서빈이가 너스레를 떨었다. 그러면서 3학년 올라가는 기념으로 엄마가 아이패드를 사 줬다고 했다.

"성적을 올리라는 무언의 압박이겠죠? 그래도 장비가 좋으면 공부할 맛이 더 나긴 해요."

언박싱이 본격적으로 시작되자 나는 편집자의 본분을 잊은 채 침 흘리며 영상을 보았다. 아이패드가 있으면 간단한 편집을 하기도 좋고, 인강 들을 때도 편할 거다. 무엇보다 폼이 났다.

"좋아요, 구독, 알림 설정 잊지 마시고, 댓글 남겨 주세요."

언박싱을 마친 서빈이가 마무리 인사를 했다. 빨리 편집하고 싶어 영상을 끄려는데 아직 3분 가까이 남아 있었다. 뭐가 더 있나 싶어 보고 있으려니 서빈이가 갑자기 허둥지둥 아이패드 상자를 거두어 화면에서 사라졌다. 그리고 곧 텅 빈 화면 밖에서 어떤 남자가 고함치는 소리가 들려왔다. 나는 깜짝 놀라 되감기를 하고 소리를 키웠다.

"새끼야! 누가 내 거 함부로 건드리라고 했어?"

목소리가 바로 내 방문 밖에서 들려오는 것 같았다. 서빈이 목소리는 아니었다. 누구지? 골프 여행을 갔다니까 아빠도 아닐 거다. 혹시 형? 서빈이에게는 영재학교에 다니는 형이 있다. 서빈이가 직접 말해 준 적은 없지만 영상을 보고 안 거였다. 형은 기숙사에서 지내기 때문에 집에는 한 달에 한 번 정도 온다고 했다.

"잘못했어. 그냥 너무 궁금해서 꺼내 보기만 한 거야."

잔뜩 주눅 든 목소리 주인이 서빈이라는 게 낯설었다. 그런데 뭘 꺼내 봤다는 거지?

"상자에 흠집 났잖아! 아우, 이 개새끼가!"

이어지는 욕설과 함께 때리는 듯한 소리가 들려왔다. 나도 모르게 정지 버튼을 눌렀다.

심장이 벌렁거렸다. 그리고 서빈이가 무슨 잘못을 했는지는 몰라도 다짜고짜 폭력을 행사하는 서빈이 형한테 화가 솟구쳤다.

았다. 카메라를 끄자마자 바로
] 일이 영상에 담긴 걸 모르는
를 보낸 건가? 어쩌지? 나는 떨
었다.

? 공부도 못하는 게 깝죽대지

이 명백한 증거였다. 서빈이네
안절부절못하는데 서빈이 얼
나는 현장을 엿보다 들킨 것
서빈이가 화난 얼굴로 팔을 뻗
서 내뱉은 "씨발!"과 함께였다.
거리다 도로 자리에 앉아 언박
았다. 두 번 보고 나자 상황이
빈이 게 아니라 형 것인 모양
원래대로 해 놓으려던 건데 들

킨 생각으로 복잡했다. 서빈이
다. 이런 상황을 모르는 척해도
도 되는 건지 혼란스러웠다. 미
걸 참으며 서빈이 입장에서 생

각해 보았다. 내가 서빈이라면 거짓말을 했다는 사실이나 형한테 혼난 걸 남에게 알리고 싶지 않을 것 같았다. 내게 들켰다는 걸 알면 얼마나 창피할까.

그리고 어쩌면 내가 외동이라 형제간의 일을 잘 모르는 걸 수도 있었다. 큰집 사촌 누나들이 서로 원수 보듯 하다가도 금세 세상에 둘도 없는 자매처럼 굴던 게 생각났다. 작은집 사촌 형과 동생도 한없이 유치한 이유로 싸우다 금방 풀곤 했다. 삼촌네 쌍둥이는 툭하면 다투다가도 다른 사람이 둘 중 한 명을 괴롭히면 단박에 한 팀이 돼 맞섰다. 서빈이와 서빈이 형의 관계도 그런 것 아닐까. 그래, 그저 형제간에 흔히 있을 수 있는 해프닝인데 내가 과하게 생각하는 걸 거야. 모르는 척하기로 결정하자 마음이 조금 가라앉았다.

하지만 다음 날 학교에서 내 눈은 서빈이만 쫓았다. 어디에 상처는 안 났는지, 혼자 있을 때 표정이 어둡지는 않은지 훔쳐보게 됐다. 서빈이는 평소처럼 밝고 활기찼다. 그래도 내 머릿속에는 소리로만 들렸던 프레임 바깥의 상황이 뚜렷하게 남아 있었다.

아빠가 직장을 다니지 않던 때, 하굣길에 시장 가방을 든 아빠를 보고 피한 적이 있었다. 창피함과 미안함과 죄책감이 소용돌이쳤다. 나는 같이 가던 친구들에게 들키지 않으려고 더 크게 웃고 떠들었다. 그리고 집에 와서 혼자 조금 울었다. 서빈이도 어젯밤 혼자 울었을까.

편집되지 않은 모습을 알게 돼서인지 처음으로 서빈이에게 동경하는 마음 외에 결이 다른 감정이 생겼다. 시험 끝난 날 엄마와의 통화나 어젯밤 형의 태도로 보아 집안 분위기가 어떨지 짐작이 갔다. 서빈이가 유튜브 조회수에 집착하는 이유도 다시 생각하게 됐다.

서빈이를 위해 내가 당장 할 수 있는 일은 언박싱 이후의 영상을 잘라 내는 것뿐이었다. 그리고 잘라 낸 부분을 비밀로 하는 거였다.

아이패드 언박싱 영상은 올리자마자 조회수가 폭발했다. 지금까지 올렸던 영상 중에서 조회수 상승 속도가 가장 빨랐고 구독자도 드디어 천 명을 돌파했다. 서빈이는 흥분해서 고맙다는 톡을 보내왔다.

겨울방학이 시작됐다. 우리 학교는 1월 9일에 종업식과 졸업식을 한꺼번에 한 다음 3월 2일 개학할 때까지 쭉 방학이다. 2학년이 끝나는 날, 중국 우한이란 곳에서 집단 발생한 폐렴이 코로나바이러스에 의한 것이라는 발표가 났다.

엄마 아빠는 지난번에 퍼졌던 메르스처럼 얼마 안 가 잠잠해질 거라며 불안을 잠재웠다. 나도 지금은 바이러스보다 학원에서 미호를 만날 일이 더 신경 쓰였다. 나는 합방 영상에서 미호의 현재 모습을 봤지만 미호는 나를 초등학교 졸업식 이후로 처음 보는 거다.

전날 잠까지 설칠 정도로 걱정했는데 학원에서 마주한 미호는 어제도 만났던 사이처럼 나를 대했다. 처음 본 명제와도 스스럼없이 어울렸다. 명제랑 둘이서만 다니다 미호가 끼니 분위기가 훨씬 좋았고 학원 다니는 재미도 더 있었다. 월수금 오전 특강만 듣는 미호는 학원에 오는 날은 우리와 함께 점심을 먹고 자습실에서 공부를 하다 가곤 했다.

하루는 명제가 배탈이 나서 미호와 단둘이 점심을 먹으러 갔다. 명제가 빠지자 예전에 서로의 집을 오가며 놀던 초등학생 때로 돌아간 것 같았다. 우리는 편의점에서 도시락을 먹었다. 미호는 편의점 도시락을 처음 먹어 본다고 했다.

"난 학원을 안 다녔으니까 학교 급식 빼놓고는 맨날 집밥이었어. 우리 엄마 집밥 자부심 있는 거 너도 알지?"

미호가 웃으며 말했다. 우리 사이에는 따로 설명하지 않아도 아는 것들이 많았다.

"너네 엄마 요리 솜씨 좋잖아. 아줌마가 해 주는 고구마맛탕이랑 떡꼬치 진짜 맛있었는데."

"기억하는구나. 너 초등학생 때 자기소개란에 좋아하는 음식을 '미호 엄마가 만든 고구마맛탕'이라고 썼던 것도 생각나?"

"생각나지. 3학년 때였어. 그땐 너랑 같은 반 아니었잖아. 애들이 미호 엄마가 누구냐고."

쿡쿡 웃음이 나왔다.

"그거 알고부터 우리 엄마, 음식 투정하면 선우 갖다준다고 으름장 놓곤 했어. 우린 맛탕 별로 안 좋아했는데 너 주려고 만들었다니까."

"우리 엄만 책 가지고 그랬어. 내가 안 읽으면 미호 준다고."

옛이야기를 하는 동안 웃음이 웃음을 불러와 눈물이 날 정도였다. 웃음과 눈물 사이에는 나와 미호는 물론 두 가족이 함께했던 추억이 자리해 있었다. 옆의 아이들이 힐끗거렸다.

"아무튼 난 집밥만 먹어서 이런 음식이 반갑다는 거."

미호가 눈물을 훔치며 말했다. 나는 또 다른 의미로 눈물이 나려고 했다. 이렇게 마주 앉아 함께 웃는 날이 오다니. 이런 날은 영원히 오지 않을 줄 알았다.

다시 도시락을 먹기 시작했을 때 톡 알림이 울렸다. 슬쩍 보니 서빈이였다.

"난 괜찮으니까 휴대폰 할 거 있음 해."

"서빈이가 새 영상 보냈어."

나는 미호가 자기 휴대폰의 잠금 패턴을 푸는 걸 보고 서빈이와 잠깐 톡을 했다.

— 이번부터 유료 프로그램으로 하는 거지?

— ㅇㅇ. 그걸로 하면 더 잘 나올 거야.

서빈이가 파이팅 이모티콘을 올렸다. 나도 그에 답하는 이모티콘을 보냈다.

최근에 올린 서빈이의 공부 영상은 구독자를 늘리기는커녕 내가 편집한 영상들 중 가장 실적이 저조했다.

— 이번 건 왜 이럼? 뭐가 문제야? ㅠㅠ

서빈이는 혜윰이라는 외고생이 운영하는 브이로그를 거론했다. 30만 구독자를 가진 채널인데 얼마 전 올린 공부 영상도 조회수가 높았다. 사실 내용이나 편집 면에서 써빈로긴 영상보다 나은 건 없었다. 차이는 단 하나, 사람들이 크리에이터 혜윰의 일거수일투족을 궁금해한다는 거였다. 그렇다고 서빈이에게 '네 인기가 아직 혜윰만 못해서야.'라고 솔직하게 말할 수는 없었다.

조회수에 일희일비하지 않고 꾸준히 올리는 게 중요하다는데, 서빈이는 숫자 하나하나에 민감하게 반응하며 조급해했다. 그 애가 유튜브에 얼마나 진심인지 알기 때문에 나 또한 채널을 키우기 위해 뭐라도 더 해 보고 싶었다.

— 유료 편집 프로그램 사용하면 좀 더 잘 만들 수 있는데….

유료 프로그램으로 제작한 영상을 보면 확실히 달랐다. 나는 틈날 때마다 프로그램을 알아보곤 했다.

— 그래? 그거 비싸?

가격은 상대적이다. 나한테는 비싸지만 서빈이한테는 껌값일 수도 있다. 나는 내 마음에 드는 순서로 순위를 매겨 두었던 리스트를 서빈이에게 보내 주었다. 서빈이가 다음 날 1순위 프로그램의 월 구독료를 보내 주었다. 그리고 드디어, 유료 프로그램으로 편집할 첫 영상이 온 거다. 오후 수업을 빠지고 집으로 달려가고 싶을 정도로 설렜다.

"좋은 일 있어? 싱글벙글이야."

미호가 도시락 뚜껑을 덮으며 물었다.

"이번 영상부터는 유료 프로그램으로 편집하거든."

나는 신이 나서 새로 생긴 편집 프로그램에 대해 이야기했다.

"걘 너 없었으면 유튜브 어떻게 하려고 했대?"

내 이야기를 가만히 듣던 미호가 말했다.

"뭐, 다른 방법을 찾았겠지. 자기가 직접 편집하든지."

나도 남은 비엔나소시지 두 개를 한꺼번에 입에 넣고는 도시락 뚜껑을 덮었다.

"과연? 걔는 눈에 안 띄는 일은 하기 싫어할걸. 직접 편집했으면 벌써 유튜브 관뒀다에 한 표 건다."

합방 촬영 때 만난 게 전부인 미호가 장담을 했다.

"서빈이 그런 애 아냐. 그리고 시간이 없어서 그렇지 편집도 하면 잘할 애야."

미호는 내 말에 고개를 갸웃거렸다.

"너 걔를 너무 좋게 보는 거 아냐?"

나는 어쩐지 서빈이를 변호하고 싶었다.

"이유 없이 좋게 보는 게 아니라 성격도 괜찮고 진짜 뭐든지 잘하는 애야. 우리 반 여자애들한테 얼마나 인기가 많은데."

미호가 어깨를 으쓱하더니 대답했다.

"은근히 거들먹거리는 게 별로던데. 난 남자친구는 너같이 편한 애가 좋아."

미호가 날 빤히 쳐다보며 묻지도 않은 걸 말했다. 농담인 줄 알면서도 심장이 쿵 떨어지며 얼굴이 뜨거워졌다. 곧이어 미호의 말 한 음절 한 음절이 팝콘처럼 가슴속에서 튀어 올랐다. 워, 워. 내가 좋다는 말이 아니잖아. 나는 팝콘 기계의 전원을 얼른 껐다.

그린라이트

서빈이가 보내온 영상은 아람이, 태하와 함께 찍은 치킨 먹방이었다. 유료 프로그램도 생겼겠다, 마음이 들뜬 나는 열 일 제치고 영상을 보기 시작했다.

카메라를 세팅하며 어수선했던 상황이 정리되고 서빈이가 인사를 했다. 양옆에 앉아 있던 태하와 아람이도 손을 흔들며 인사했다.

“지금 치킨을 기다리는 중이에요. 오늘 우리 집에서 논술 토론 과외를 했거든요. 평소에는 스터디카페에서 하는데 오늘은 집에서 했어요.”

“코로나 때문에 스카는 찜찜해서 서빈이네서 한 거예요. 이제 저녁 시간이라 다 같이 먹으려고요.”

아람이가 자연스레 이어받았다.

“아씨, 치킨 언제 와! 한 시간 반 동안 겁나 머리 썼더니 배고파 디지겠, 아니, 죽겠어요.”

태하는 비속어를 쓰다 알아서 시정했다. 그런 것도 재미있었다. 정후가 있었다면 그쯤에서 흐름이 한 번 끊겼을 텐데 셋은 합이 잘 맞았다. 채널이 좀 더 커지면 셋이 라이브 방송을 해도 괜찮겠다.

"공부하는 건 힘들지만 그래도 과외 덕분에 친구들을 자주 만날 수 있어서 좋아요."

서빈이가 태하와 아람이의 어깨에 팔을 둘렀다. 내 머릿속에는 자막과 음악이 떠올랐다. 새 편집 프로그램이 있으니 더 다채롭게 꾸밀 수 있을 거다.

"친구 한 명이 안 보여서 궁금하시죠? 정후는 중국으로 어학연수를 갔습니다."

서빈이가 설명했다.

"정후야, 중국어 많이 늘었냐? 워 아이 니."

태하가 장난스레 손 하트를 날렸다. 화면 한쪽에 풍선을 만들어서 손 하트 받는 정후 모습을 넣어야지.

"앞으로도 과외 마치고 영상 찍겠습니다. 저녁 시간이라 주로 먹방이 되겠네요."

서빈이가 말했다. 나도 먹방 음식 종류를 고민해 봐야겠다.

"방학 때는 시간이 안 맞아서 못 찍을 줄 알았는데 진짜 다행이라니까요."

아람이의 말에 포카리스가 한마음으로 써빈로긴을 응원하는 게 느껴졌다. 서빈이가 평소에 잘하니까 친구들도 자기 일처럼 나서는 거다. 미호에게 서빈이를 오해하고 있다고 꼭 알려 주고 싶었다.

드디어 주문한 음식이 왔다. 치킨 두 마리에 치즈볼, 주먹밥까지. 편집 프로그램 구독료도 척척 보내 주더니 음식도 푸짐하게 시켰다. 서빈이 용돈은 도대체 얼마나 되는 걸까. 닭 다리가 네 개이고 사람은 셋이니 눈치 볼 일도 없었다. 매콤 달콤한 양념, 바삭한 프라이드, 쫀득 고소한 치즈볼, 김과 깨가 솔솔 박힌 주먹밥 맛이 상상돼 침샘이 아팠다. 나는 군침을 삼키며 영상을 보았다.

아이들도 잠시 카메라가 돌아가는 걸 잊은 채 욕설과 비속어를 남발하며 음식을 반겼다. 나는 살릴 말과 걸러 낼 말을 체크했다.

"정후야, 고맙다. 잘 먹을게."

아람이가 닭 다리를 들고 카메라를 향해 흔들었다. 정후? 중국에 있는 정후가 보내 줬다고? 국경도 갈라놓지 못할 만큼 끈끈한 우정이었다.

"오늘 우리가 먹는 음식은 정후가 중국에서 쏘는 거예요. 정후야, 고맙다. 흑흑."

서빈이가 과장스레 감동을 표현했다. 여기서 서빈이 눈 아래에 눈물을 그려 줘야지. 자막은 뭐라고 할까?

"정후야, 이 치킨 네가 먹고 싶은 걸로 시킨 거지? 영상 보면서 대리 만족해라."

태하가 닭 다리를 거칠게 뜯어 먹는 시늉을 했다.

"다음에 또 먹고 싶은 거 있으면 보내 줘. 우리가 대신 먹어 줄게. 사랑해, 친구야."

아람이도 말을 보탰다. 서빈이가 아이들 컵에 콜라를 따라 주었다. 그러고는 컵을 높이 들고 외쳤다.

"중국에서 공부하느라 고생하는 정후를 위하여!"

서빈이는 적절한 선에서 정리하고 진행하는 감각이 있었다. 셋은 잡담을 나누며 본격적으로 먹기 시작했다. 영상은 아직 40분이 더 남아 있었다. 그때 명제한테서 게임하자는 연락이 왔다. 내게도 함께 학원에 다니고, 게임을 하는 절친이 있다. 국경을 초월하는 포카리스의 우정을 지켜봐서인지 나도 베프와의 우정이 그리웠다.

나는 휴대폰으로 서빈이의 영상을 켜 놓고 게임을 시작했다. 아이들의 화제는 게임과 공부에서 아이돌로 넘어갔다. 키득거리며 이상형 이야기를 하는 대목에선 편집이 필요한 부분이 많았다. 이럴 때 편집자의 진가가 드러나는 법이다. 아이들이 욕설을 내뱉거나 거친 행동을 해도 편집을 하고 나면 인간적이고 호감을 주는 모습으로 바뀐다. 오해의 소지가 있거나 밋밋한 부분을 자르고 매력적인 부분만 이어 붙여 속도감 있고 재미있는 콘텐츠로 만들다 보면 쾌감이 느껴졌다. 완성본이 실제의 모습과 차이가 클수록 더 뿌듯했다.

명제와 게임을 하면서도 머릿속은 편집 생각으로 가득했다. 세 판을 내리 지는 데 큰 공을 세운 나는 일면식도 없는 팀원들은 물론 명제에게까지 욕을 얻어먹고 게임을 껐다. 새 프로그램에 적응하려면 편집 시간이 더 필요했다.

설 연휴가 다가오고 있었다. 미호랑 학원 옆 건물에 새로 생긴 분식집에 갔다. 명제는 휴게실에서 간단히 점심을 때우며 숙제를 한다고 했다. 우리는 떡볶이와 튀김범벅을 시켰다.

“설에 전주 할머니네 가?”

나는 미호에게 물었다.

“아니. 이번엔 여행 가.”

“여행? 어디로?”

“베트남, 다낭.”

“와, 좋겠다.”

“아빠 회사에서 승진 보너스로 휴가 보내 주는 거야.”

미호 표정에 자랑스러움이 살짝 비쳤다.

"아저씨 승진하셨어?"

"응. 부장 됐어."

마음속에 씁쓸함이 번졌다. 부모님끼리도 가까워질 수 있었던 건 아빠들의 직장이라는 공통분모가 있어서였다. 미호와 나는 유치원에 이어 같은 초등학교를 다녔고, 미호 아빠와 우리 아빠는 같은 기업의 계열사에 다녔다. 그런데 아빠는 회사를 그만두고, 미호 아빠는 계속 다녀서 승진도 하고 보너스 휴가도 간다. 하지만 아빠가 그 일을 후회하지 않으니 나도 그만 비교해야겠다고 마음먹었다.

"참 너네 아빠 인천공항에 근무하시지? 공항에 갔다 마주치는 거 아냐?"

우리 아빠 일이 생각났는지 미호가 조금 과장되게 너스레를 떨었다. 아빠가 근무하는 곳이지만 나는 인천공항에 가 본 적이 한 번도 없었다. 해외여행을 가 본 적이 없다는 말이다.

"그럴 일은 없을걸. 우리 아빠는 일반인은 못 들어가는 보안구역에서 일하거든. 며칠 동안 가?"

"3박 5일."

"나는 해외여행 한 번도 못 가 봤는데. 진짜 좋겠다."

씁쓸함, 부러움이 가슴 가득 들어찼다.

"꼭 좋지만도 않아. 실은…… 엄마랑 아빠, 요새 많이 안 좋았거든."

"왜?"

미호가 어두워진 얼굴로 한숨을 쉬었다.

"이유야 백 가지도 넘지. 우리 엄마 아빠는 서로 너무 달라. 그런 사람들이 어떻게 결혼을 했나 싶을 정도라니까. 달라서 끌렸던 건가? 아무튼 얼마 전에 심각하게 이혼 이야기까지 나와서 둘 중 누구랑 살아야 하나 시호하고 걱정했을 정도야. 제발 이번에 여행 가서 좀 풀었으면 좋겠어."

미호는 막 나온 떡볶이를 쿡 찍어 입에 넣었다.

미호네 부모님은 예전에도 자주 티격태격했다. 우리 엄마 아빠도 가끔 그럴 때가 있었지만 하루도 안 가 풀어지곤 했다. 그런데 이혼 얘기까지 나왔었다니, 이럴 땐 무슨 말을 해야 하는 건지 알 수 없었다.

"아, 몰라. 생각 안 할래. 넌 연휴 때 뭐 해?"

미호가 화제를 바꾸었다.

"큰집이랑 안양 할머니 댁에 가. 서빈이가 영상 보내 주면 편집도 해야 하고."

치킨 먹방은 반응이 좋았다. 편집에 대한 댓글도 꽤 많았다.

"참, 이번 거 편집 더 좋아졌더라."

미호가 나를 빤히 보았다. 요즘 들어 그렇게 볼 때가 많아졌다. 미호의 시선이 내 안 깊은 곳을 간질이는 것 같았다. 문득 "남자친구는 너같이 편한 애가 좋아."라던 말이 생각났다. 갑자기 딸꾹질이 나려고 했다. 나는 딸꾹질을 참기 위해 급히 말했다.

"고마워."

"근데 박서빈은 댓글에서 왜 자기가 편집하는 것처럼 말해?"

미호가 또 서빈이를 걸고넘어졌다. 서빈이가 안 좋은 아이로 비치는 것도, 그래서 내가 호구로 보이는 것도 싫었다. 사람은 어느 한 면만 보고는 다 알 수 없는 법이다.

"그건…… 내가 편집하는 거 비밀로 해 달라고 했어."

"왜?"

"그냥."

"설마 너, 편집 공짜로 해 주는 건 아니지?"

작게 고개를 끄덕였다.

지난번 편집비를 아직 못 받았다는 건 말하지 않았다. 지지난번 편집비도 유료 프로그램 구독료를 줄 때 함께 보내 줬었다. 깜빡 잊었다는 말에 공부하느라 정신이 없나 보다 생각했다.

"최선, 넌 너무 착해. 네 선의가 악용당하지 않았음 좋겠다."

미호의 말에 움찔했다. 내가 속으로 얼마나 많은 걸 재고 따지는지 알면 나한테 정떨어질 것 같았다.

"서빈이 그런 애 아니니까 걱정 마."

미호는 고개를 끄덕였다.

연휴 전날이었다. 오전 특강이 끝나자 앞으로 4일이나 미호를 못 본다는 생각에 왠지 허전했다. 저녁 비행기라 빨리 집에 가야 한다고 서두르던 미호가 갑자기 셀카를 찍자고 했다. 얼결에 포즈를 잡다가 미호와 뺨이 닿았다. 깜짝 놀라 피하려는데 미호가 내 어깨에 팔을 둘렀다.

미호가 집에 가고 나서도 그 순간이 자꾸 생각났다. 미호는 사진을 보내 주지 않았다. 사진을 보고 싶었지만 달라고 하기가 왠지 쑥스러웠다. 마음이 너무 술렁거려 명제에게 말했더니 미호가 나를 좋아하는 것 같다고 했다. 기시감이 강하게 밀려왔다. 나는 내 마음속에서도 얼핏얼핏 고개를 드는 기대의 싹을 자르기 위해 더 단호하게 말했다.

"됐거든! 그냥 친구니까 오버하지 마라."

친구의 설레발 때문에 여사친을 잃는 건 한 번이면 됐다.

"둔하기는. 미호가 왜 자기네 동네 학원 놔두고 우리 학원에 다니겠냐?"

명제한테 둔하다는 소리를 듣다니. 어이없어하는데 명제는 한 발 더 나갔다.

"내가 장담하는데, 여행 가서 미호가 먼저 연락하면 그거, 진짜 너한테 마음 있는 거야. 그린라이트라고."

순간 내 맘속에 초록 불이 켜지는 것 같았다. 나는 화들짝 정신을 차렸다.

"그만해라. 썸도 아닌데 무슨 그린라이트야."

미호를 태운 비행기가 밤하늘을 날고 있을 시간에 나는 미호가 향하는 다낭을 찾아보았다. 서빈이한테서 온 영상을 틀어 놓은 채였다. 논술 토론 과외를 마치고 서빈이, 아람이, 태하가 버거킹을 시켜 먹는 먹방이었다.

셋이 있는 영상을 여러 번 보았더니 이제 처음 같은 호기심이나 재미는 없었다. 그 대신 아이들의 본모습이 눈에 들어왔다. 아람이는 촐랑대는 편이고, 태하는 욕을 많이 하고 별일 아닌 일에 버럭 화를 낼 때가 많았다. 서빈이 또한 독단적일 때가 종종 있었는데 자칫 비호감으로 비칠 수 있는 모습들을 어떻게 편집하면 좋을지 이젠 영상을 보면 금방 감이 왔다. 학교나 써빈로긴에서의 모습과 날영상 속 민낯 사이에 느껴지는 괴리감을 줄이는 게 내 일이었다.

설 연휴가 시작됐다. 나는 엄마와 함께 장을 보러 갔다. 우리나라에도 두 번째 코로나 확진자가 발생했다는 기사가 떴다. 하지만 선물 세트 상자들이 쌓여 있는 대형마트는 장 보러 온 사람들로 북적거렸다. 아빠는 3형제 중 막내인데 할머니가 돌아가신 다음부턴 큰집에서 차례를 지낸다. 그리고 각자 맡은 차례 음식을 집에서 만들어 간다. 아빠는 오늘 야간 근무를 하고 내일 아침에 곧바로 큰집으로 오기 때문에 음식은 엄마랑 나랑 둘이서 만들어야 했다. 이번 설에는 모둠 전을 맡아 미리 맛볼 생각에 들떴다.

"엄마, 내가 카트 꺼내 올게."

카트를 밀고 가자 엄마가 시장 가방을 내려놓으며 말했다.

"미호네는 여행 갔네."

"어? 어떻게 알았어?"

나는 미호 아빠의 부장 승진 보너스 여행을 굳이 알리지 않았다.

"미호 엄마가 페북에 올렸어."

"아줌마 페북 해? 나도 볼래."

나는 엄마가 채소를 고르는 동안 미호 엄마의 SNS를 보았다. 비행기 안에서 네 식구가 찍은 셀카는 어젯밤에 올린 거였다. #이륙 #가족여행 #다낭이라는 해시태그가 붙은 사진에선 미호가 말했던 불화의 분위기가 전혀 느껴지지 않았다. 불화는커녕 설 연휴에 오붓이 가족 여행을 하는 화목한 가족으로 보였다.

나는 카트를 밀며 엄마를 따라다녔다. 엄마에게 미호네 부모님 이야기를 할까 하다가 말았다. 미호가 나를 믿고 한 이야기를 전하는 것도 걸렸고 또 남의 불행으로 내 행복을 확인하려는 건 아닌지 스스로 부끄러워졌기 때문이다.

주방 식탁에서 호박에 밀가루를 입히고 있는데 미호가 풍경 사진을 한 장 보내왔다. 늘어선 야자수가 이국적인 정취를 한껏 풍겼다.

— 판타지 세계로 넘어온 느낌. ㅋㅋㅋ

내용이라고는 그게 다이고, 명제의 설레발에 넘어가지 않으려고 작정했는데 집 안의 모든 불빛이 초록으로 바뀌었다.

나는 참지 못하고 엄마에게 사진을 보여 주었다. 엄마가 달걀을 저으며 "잘해 봐." 했다. 엄마의 상상 속에선 미호와 내가 사귀는 사이나 마찬가지였다. 미호 마음은 궁금하면서도 내 마음을 제대로 들여다보는 건 주저됐다. 설령 내 마음이 엄마가 생각하는 그런 방향의 마음이라 해도 쉽게 표현하지 않겠다고 결심했다. 이번에 또 어긋나면 미호와는 영영 친구로도 남을 수 없을 것이다.

— 멋지다! 바다 간 거야?

— 바다 아니고 숙소 풀장임. 아, 이제 점심 먹으러 간대. 빠이.

설날, 나는 큰집에 가서도 휴대폰을 손에서 놓지 않았다. 사촌 누나들이나 동생들도 마찬가지여서 어른들 눈치 볼 일도 없었다. 미호는 그 뒤로 연락이 없었다. 나는 미호 엄마의 페이스북에 들어가 보았다. 그사이 새 사진이 여러 장 올라와 있었다. 해변 방갈로에서 열대과일 주스를 마시거나, 바닷가에서 놀거나, 이국적인 분위기의 레스토랑에서 밥 먹는 사진들이었다. 부러워하는 댓글이 가득했다.

나는 망설이다 미호에게 떡국 사진을 보냈다.

— 떡국 먹으니까 진짜 새해 맞은 기분. 여행은 재밌음?

— 다 좋은데 엄빠 분위기가 안 좋아. 어제 저녁 먹다가 싸워서 지금도 분위기 살벌해. ㅋㅋㅋ

— ㅜㅜ

— 따뜻한 데 와서 감기 걸려 가겠다니까.

— 아줌마 페북에는 안 그렇던데.

— 넌 유튜브 편집도 하는 애가 SNS를 믿어?

미호 말에 잘라 낸 서빈이와 서빈이 형의 일이 생각났다. 미호에게 의논하려다 삼켜 버린 그 일. 내가 편집한 영상을 보는 사람들도 서빈이를 모든 걸 다 가진 아이로 여기며 부러워할 거다. 미호 엄마의 페이스북을 보는 사람들도, 숙모의 인스타그램을 보는 사람들도 마찬가지겠지. 현실과 편집된 세계 사이에는 누더기 차림의 신데렐라와 마법으로 화려하게 변신한 신데렐라의 차이만큼이나 거리가 있었다.

설 연휴가 끝나고 학원에서 만난 미호는 다낭에서 사 온 자석을 주었다. 명제 없을 때 내게만. 별 모양 자석에는 노을 진 해변과 야자수, 고층 건물 등이 입체감 있게 표현돼 있었다. 가운데 'DANANG'이라는 글자가 돋을새김된 것도 멋있었다.

미호가 피곤하다며 특강만 듣고 집에 간 뒤 나는 명제에게 자석을 자랑했다. 그린라이트를 들먹거리며 바람을 넣었던 명제는 막상 미호한테서 먼저 연락이 오고 계속 톡을 주고받았다고 하자 시큰둥해졌다.

"불가사리 모양은 처음 본다. 불가사리가 거기 특산품인가?"

자석을 만지작거리며 명제가 말했다.

“불가사리? 야, 별이잖아!”

내 말에 명제는 자석을 가리켰다.

“이게 어딜 봐서 별이냐? 여기도 불가사리 있네.”

정말 해변에 별 모양 불가사리가 몇 개 있었다. 별이 아니라 불가사리라고? 동해 바닷가에서 죽은 불가사리를 본 적이 있었다. 엄마는 신기해하며 사진을 찍었지만 내 눈엔 징그러워 보였다. 별과 불가사리는 느낌이 너무 달랐다.

명제가 자석을 돌려주며 선물까지 사다 준 걸 보면 그린라이트가 맞다고 했다. 어쩐지 마지못한 말투였다.

“아니라고.”

나는 점잖게 말했다.

“아니긴 뭐가 아니야. 너, 미호랑 사귀어도 찐친은 나란 거 잊지 마라.”

명제가 시큰둥했던 이유를 알았다. 명제는 미호에게 내 관심을 뺏길까 봐 걱정했던 거였다. 살짝 감동해서 “당연하지.”를 외친 게 무색하게 그 뒤로 미호와의 사이엔 아무런 진전이 없었다. 명제는 내가 뜨뜻미지근하게 굴어서 그런 거라고 했지만 미호가 나를 대하는 태도도 알쏭달쏭하기는 마찬가지였다. 나는 불확실한 감정에 우정을 걸지 않으리라 또 한 번 다짐했다.

바이러스

확진자가 몇백 명에 달했다. 전 세계의 제약사며 연구소에서 코로나 바이러스를 연구한다던데 아직 백신도 치료제도 없었다. 인간들이 속수무책으로 전전긍긍하는 사이 바이러스는 세상을 자유롭게 돌아다녔다. 거리엔 심한 미세먼지와 황사 때도 보기 힘들었던 마스크를 쓴 사람들이 늘어났다.

정후도 어학연수를 하다 말고 중국에서 돌아왔다. 서빈이가 보내온 영상을 보고 안 거였다. 세상이 뒤숭숭해도 공부를 해야 하는 아이들의 일상은 크게 달라지지 않았다. 나는 계속 학원에 다녔고, 서빈이도 아이들과 과외하는 날마다 영상을 찍었다. 정후는 함께 과외를 하는 것도 아닌데 매번 뭔가를 샀다. 좀 이상하다는 생각이 들었다. 호구인 건가, 아니면 그렇게 해서라도 계속 포카리스에 붙어 있고 싶은 건가. 뭐, 어느 쪽이든 내가 신경 쓸 일은 아니었다.

학원에서 마스크를 계속 쓰고 있으라고 해도 아이들 대부분은 수업 시간에만 쓰고 쉬는 시간엔 벗고 다녔다. 마스크를 잊은 채 학원에 오는 아이들도 있었다. 나는 나 자신을 위해 마스크를 제대로 썼다. 그리고 마스크엔 감염 예방 외에도 부가적인 효과가 있었다. 일단 턱의 여드름이 가려졌다. 게다가 내 얼굴에서 그나마 괜찮은 부분이 바로 이마와 눈썹, 그리고 눈이었다. 마스크를 쓰고 처음 학원에 간 날 미호가 말했다.

"오, 최선! 마스크 쓰니까 훨 잘생겨 보이는데?"

훨씬 잘생겨 보인다니. 바이러스는 우리가 알던 세상이 전부가 아니고, 무슨 일이든 일어날 수 있음을 정말이지 다방면으로 가르쳐 주고 있었다. 마음이 둥실거릴 일은 그뿐만이 아니었다. 방학 특강 마지막 날, 미호가 방 탈출 카페에 놀러 가자고 했다.

"명제도 같이 가자고 할까?"

"아니. 그냥 우리 둘이 가자."

뭐지? 얘가 정말 날 좋아하나? 둥실거리던 마음이 놓친 풍선처럼 끝없이 날아올랐다.

"어, 언제?"

"말 나온 김에 내일 어때? 너도 내일 낮에 시간 비잖아. 지하철역에 있는 방 탈출 카페, 현금 할인에 학생 할인 받으면 좀 싸."

"가 본 적 있어?"

"으응, 윤조랑 한 번 갔었어. 너무 재미있어서 너랑도 가 보고 싶어서."

이건 확실한 그린라이트다! 우리는 휴게실에서 자습 대신 방 탈출 카페를 예약했다. 미호가 지난번에는 추리 테마로 했다면서 이번에는 무서운 공포 테마를 해 보고 싶다고 했다.

"참, 너 무서운 거 싫어하지?"

미호가 나를 보았다. 사실이었지만 나는 내가 초등학생 때와는 다르다는 걸 보여 주고 싶었다.

"괜찮아. 이걸로 할까?"

공포 지수가 가장 높은 좀비 테마를 골랐다. 미호도 좋다고 했다. 우리는 휴대폰으로 홈페이지의 설명을 읽어 보았다. 좀비 바이러스가 퍼져 세상이 붕괴되고 가족도 감염됐다. 가족을 살리기 위해 비밀 실험실에서 치료 약을 찾아 탈출한다는 세계관이 요즘 상황과 딱 맞아떨어졌다. 설명을 읽는 사이 미호와 바짝 붙어 있었다는 걸 깨닫곤 얼른 몸을 떼었다. 옆구리의 온기가 옮겨간 가슴이 찌릿찌릿했다.

미호와 헤어지자마자 자습실에 있는 명제에게 연락했다. 명제는 숙제하다 말고 뛰어나왔다. 나는 미호랑 방 탈출 카페에 가기로 한 이야기를 했다.

"야, 이쯤이면 남자가 먼저 고백해야 하는 거 아냐?"

명제의 부추김에 순간 흑역사의 기운이 몰려왔다. 나는 정신이 번쩍 들어 나를 자꾸만 둥둥 뜨게 만드는 그 무언가에 구멍을 냈다.

"닥쳐."

피시식 바람이 빠지며 내 몸과 마음이 제자리로 돌아왔다. 난 절대, 네버, 아무것도 하지 않을 거다.

마을버스를 타고 가는 내내 마음을 다잡았지만 설레는 건 어쩔 수 없었다. 여사친이라고 해도 여자애랑 단둘이 방 탈출 카페에 가다니. 카페비는 각자 내기로 했으니까 점심은 내가 사야지. 뭘 먹고, 무슨 이야기를 할까.

건물 앞에서 만난 미호와 방 탈출 카페가 있는 4층으로 가기 위해 엘리베이터를 탔다. 단둘이 좁은 공간에 있으려니 갑자기 어색해지면서 심장이 뛰었다. 미호도 평소답지 않게 긴장한 기색이었다. 미호도 나와 같은 마음일까?

카페 직원이 힌트를 세 번 이하로 받고 탈출하면 폴라로이드 사진을 찍어 준다고 했다. 한쪽 벽면 전체에 탈출 성공 기념사진들이 빼곡하게 붙어 있었다. 미호가 윤조와 탈출에 성공해서 찍은 사진을 가리켰다. 나도 미호와 함께 찍은 사진을 남들이 다 볼 수 있게 남기고 싶었다.

어둠침침한 좀비 테마 방에 들어서자 저절로 간이 졸아붙었다. 미호도 그런지 내 곁에 바짝 붙어 섰다. 미호의 숨결이 느껴지자 누가 '얼음' 하고 외친 것처럼 꼼짝도 할 수 없었다. 머리는 굳고 온몸의 힘이 빠져 다리가 헛놓였다.

명제가 말한 게 이런 건가? 명제는 미호가 공포 테마를 선택한 걸 두고 의미를 잔뜩 부여했다. 무섭다는 핑계로 나와 스킨십을 하려고 그런 거라나. 어쨌든 문제는 지금 내가 머리도 몸도 마음대로 할 수 없다는 거였다. 나는 정신을 차리려고 심호흡을 했다.

미호는 방 안을 살피며 답을 찾기 바빴다. 나도 문제 풀이에 집중하려 했지만 첫 문제부터 전혀 감이 잡히지 않았다. 제한 시간이 줄어드는 게 보여 더 초조했다.

"우리, 힌트 쓰자."

미호가 발을 동동 구르다 말했다. 힌트를 받아 첫 문제를 풀고 신이 난 우리가 하이 파이브를 하는 순간, 한쪽 벽이 열리고 좀비가 튀어나왔다. 미호가 비명을 지르며 내 팔을 움켜잡았다. 나는 터져 나오려는 비명을 꿀꺽 삼켰다.

"빨리 가자."

내 팔을 움켜쥐고 있는 미호의 손을 잡았다. 나도 모르게 한 행동이었다. 둘 다 손바닥이 축축했다.

한 시간이 10분처럼 빠르게 지나갔다. 미호와 나는 제한 시간을 3분 20초 남기고 방을 탈출했다. 아쉽게도 힌트를 네 번 써서 사진은 찍지 못했다. 하지만 무서운 시간을 함께 겪으며 탈출하자 미호가 훨씬 더 가깝게 느껴졌다. 게다가 명제 말대로 스킨십도 했다. 우리는 방을 이동할 때마다 손을 잡았다. 처음엔 내가 잡았지만 다음엔 미호가 잡았다. 공포에서 비롯된 본능적인 행동이었음을 아는데도 후유증은 컸다. 내려가는 엘리베이터 안에서도 자꾸 미호 손만 보였기 때문이다.

엘리베이터 문이 열리는 순간, 나는 나도 모르게 미호의 손을 잡으며 말했다.

"우리 사귀자."

나조차도 갑작스러웠지만 가짜 고백은 분명히 아니었다. 미호의 당황한 표정에 나는 슬그머니 손을 놓았다. 미호가 내 시선을 피하며 생각해 보고 답을 주겠다고 했다. 그 뒤 온종일 마음 졸이며 기다리다 밤이 되어서야 답을 들었다.

— 미안. 아무리 생각해도 너한테는 그런 감정이 없어. 정말 미안해.

마음이 무너지는 것 같았다. 고백을 거절당한 아픔 못지않게 이제 미호라는 친구를 진짜 잃었다는 상실감이 더 컸다.

명제는 의리 있고 재미있는 내 베프가 분명하지만 세세한 교감을 하기는 어려웠다. 복잡하게 생각하는 걸 귀찮아하고, 내가 그럴 때면 남자가 좀스럽다고 타박을 했다. 그 때문에 명제와 있을 때면 나도 존재를 과시하기 위해 몸집을 부풀리는 동물들처럼 허세를 부리곤 했다. 단짝인데도 종종 퍼즐을 맞추다 한 조각이 부족한 듯 미진하거나 어긋나는 기분이 드는 이유였다.

미호라면 내 말을 단번에 이해했을 텐데. 그 애라면 내가 지금 느끼는 이 감정들을 편하게 털어놓을 수 있을 텐데. 미호는 내가 스스럼없이 나답게 말하고 행동할 수 있는 유일한 아이였다. 그런 친구를 또다시 잃은 것이다.

나는 하루에도 몇 번씩 미호에게 다시 친구로 지내자는 톡을 보낼까 망설이다 관두기로 했다. 질척대는 꼴까지 보여 주고 싶진 않았다.

검은 화면

개학을 앞두고 3학년 반 편성 명단이 학교 홈페이지에 고지됐다. 3학년 때는 명제와 한 교실에서 공부하고 싶었다. 포카리스 멤버들이 몇 반인지도 궁금했다. 이번에도 서빈이와 같은 반이 되면 2학년 때와는 다른 관계로 지낼 수 있을 것 같았다.

떨리는 마음으로 아이디를 입력하고 2반 25명의 이름을 확인하는 순간 망했다는 생각이 들었다. 명제도 없고, 서빈이도 없고, 태하, 아람이도 아닌 정후 이름만 있었다. 포카리스 중에서 가장 친하지 않은 아이랑 한 반이 된 거다. 명제에게 몇 반이냐고 물었더니 막 나이스에 들어갔다면서 3반이라는 답이 왔다. 나는 1반, 명제는 4반이었던 작년과 달리 바로 옆 반이라는 사실에 위안받으려는 찰나 명제의 메시지가 떴다.

— 박서빈 우리 반임. ㅋㅋㅋ

심술의 신이 반 배정을 한 것 같았다.

확진자가 수천 명에 이르면서 개학이 연기됐다. 개학이 처음 일주일 미뤄졌을 때는 솔직히 좋았다. 나는 아직 미호에게 고백했다 거절당한 일에서 벗어나지 못했다. 두 번이나 미호와의 사이를 망쳐 버린 나 자신이 너무 한심했다. 그런 상태로 새 학년을 맞이하는 게 우울했는데 개학 연기라니, 잘된 일이었다.

그런데 일주일이 지나고 다시 2주 뒤로 개학이 미뤄지자 슬그머니 불안해졌다. 내게 학교는 우리 집 다음으로 익숙한 공간이었다. 보이지도 않고, 만져지지도 않고, 소리도 냄새도 없는 바이러스가 내가 알던 세계를 파괴하고 있었다.

영상을 편집할 때는 재미가 없거나 비호감으로 비칠 만한 불안 요소를 감추고 지우는 일이 어렵지 않았다. 하지만 현실의 바이러스는 편집할 수 없었다. 나는 이 상황이 외계인이 침공해 오거나, 빙하가 녹아 물바다가 되고 있거나, 화산재가 해를 가려 빙하기가 닥쳐오는데, 아무튼 무언가 거대하고 놀라운 일이 우리를 덮쳐 오고 있는데 대책을 몰라 허둥지둥하는 영화 속 장면 같다는 생각이 자꾸만 들었다. 그리고 내가 속해 있는 세계가 이토록 취약한 것이었다는 사실이 놀랍고 두려웠다.

"학교 안 가는 거, 좀 기분 이상하지 않냐?"

명제에게 묻자, "나만 안 가는 것도 아니고 뭐, 좋기만 하구만. 넌 학교가 가고 싶어? 왜?"라는 질문이 돌아왔다. 진짜 이해할 수 없다는 표정에 나는 더 말하기를 포기했다.

세 번째로 개학이 연기됐을 때 담임 선생님이 3학년 2반 단톡방을 만들었다. 겉으로는 귀찮은 척했지만 선생님의 초대가 반가웠다. 학교가 갑자기 사라져 버린 것만 같았는데 아니라는 사실에서 오는 안도감이랄까. 사회 담당인 담임 선생님은 자기 직업을 사랑하는, 말하자면 좀 '오지라퍼'인 것 같았다. 엄마 아빠 덕분에 내겐 그런 부류의 사람들을 알아보는 촉이 있었다.

단톡방에 들어와 있는 이름을 죽 훑어보았다. 내가 류정후를 반가워하는 날이 올 줄이야. 하지만 정후는 이 방에서도 의례적인 이모티콘 하나 올리지 않았다. 이런 애와는 같은 반이 됐다고 해서 더 가까워질 것 같지 않았다.

서빈이는 과외가 끝나 포카리스끼리 뭉치기도 어렵고 학교에도 나가지 않게 되자 뭘 찍어야 할지 고민했다. 나는 휴업 상황을 보내는 K-중학생의 일상 브이로그를 찍어 보라고 권했다. 남들은 이 시간을 어떻게 보내는지 다들 궁금해할 것 같았다. 서빈이는 내 말대로 브이로그를 찍기 시작했다.

서빈이의 일상은 거의 공부와 과제의 연속이었다. 어찌 된 게 학교에 나올 때보다 더 바빠 보였다. 나와 공통점이 있다면 집에 있을 땐 거의 혼자라는 사실이었다. 서빈이 형은 학교가 문을 닫아 기숙 학원에서 지낸다고 했다. 폭력을 휘두르는 형과 같이 있지 않아 다행이라는 생각이 들었다. 그런데 혼자 찍는 영상이 거듭될수록 서빈이의 모습이 예전 같지 않았다. 늘 활기차던 서빈이에게서 불안함이 언뜻언뜻 비쳤다. 서빈이도 나처럼 학교에 가지 않는 상황이 혼란스럽고 답답한 것 같았다.

일상 브이로그 조회수는 안정적으로 나왔다. 서빈이의 매력이 그만큼 어필하기 시작했다는 뜻이었다. 내 편집 실력이 꽤 늘었다는 것도 체감됐다. 편집을 하는 동안은 불안하고 혼란스러운 현실을 잊을 수 있어 좋았다. 하지만 새로운 걱정거리가 생겼다. 편집비인 문화상품권이 밀리는 일이 점점 더 잦아지고 있었다.

4월이 돼서야 개학을 했다. 난생처음 들어 보는 온라인 개학이었다. 개학식이 끝난 다음은 반 아이들과 담임 선생님이 줌으로 만나는 시간이었다.

그동안 나는 비대면 도서관 행사를 준비하는 엄마를 돕느라 줌 사용 방법을 익혔다. 엄마는 안방에서, 나는 내 방에서 줌 회의를 실행해 본 적도 여러 번이었다. 줌을 켜면 내 뒤의 침대는 적나라하게 보이는데 너저분한 책상 위는 드러나지 않았다. 흐트러진 이부자리와 허물처럼 벗어 놓은 옷가지도 배경 설정하기로 감출 수 있었다. 엄마는 샌프란시스코 금문교로, 나는 야자수가 있는 해변으로 배경을 설정한 다음 해외 특파원 흉내를 내며 재미있어하기도 했다.

사용법을 미리 익혔다고 해도 우리 반 줌 회의 방에 내가 1등으로 들어갈 줄은 몰랐다.

"어서 와. 배경이 멋있네."

담임 선생님이 반겨 주었다. 선생님은 내가 아직 가 본 적 없는 우리 반 교실에 있었다.

"안녕하세요?"

선생님에게 인사를 하면서도 단둘이 마주 앉아 있는 것처럼 뻘쭘했다. 다행히 아이들이 속속 들어오기 시작했다. 다들 어색하면서도 신기해하는 모습이었다. 아이들의 화면에는 나와 달리 뒷배경으로 집 안의 광경이 고스란히 드러나 있었다. 나는 엉망인 내 방을 감출 수 있어 다행이라고 생각했다.

선생님은 아이들이 들어올 때마다 일일이 인사를 건넸다. 어떤 아이들은 마이크가 꺼진 상태인 줄도 모르고 말을 하다 선생님이나 다른 아이들이 알려 줘서 마이크를 켜고 다시 인사를 했다. 기본적인 사용법을 몰라 헤매는 아이들투성이였다.

"아이디는 닉네임 말고 학번, 이름으로 바꾸세요."

선생님 말에 어떻게 바꾸느냐는 질문이 쏟아졌다. 선생님이 설명하는 동안 개 짖는 소리, 엄마하고 싸우는 소리, 통화하는 소리 들이 스피커를 타고 흘러나왔다. 동생이나 할아버지 등 가족의 모습이 화면에 불쑥불쑥 비치기도 했다. 편집되지 않은 화면 속 세계는 갑작스레 닥친 재난에 우왕좌왕하는 사람들의 현실을 적나라하게 보여 주는 것 같았다.

"인사한 사람들은 일단 마이크 끄세요."

선생님 얼굴에서 점점 영혼이 빠져나가는 게 보였다. 선생님도 줌에 대해 아주 잘 아는 것 같진 않았다. 단톡방은 접속을 못 한 아이들의 질문으로 불이 나는데 선생님은 줌에 들어온 아이들을 관리하기도 바빴다. 교실에서와 달리 소통이나 통제가 되지 않아 정신없는 선생님이 안돼 보였다.

나는 첫날부터 나댄다고 찍힐까 봐 망설이다 더는 두고 볼 수 없어 카톡과 줌 대화창에 답글을 달기 시작했다. 줌에 접속하는 방법부터 오류가 나는 이유, 그럴 때의 해결 방법, 배경 설정하는 법 등을 아는 대로 설명해 주었다. 아이들의 줌 배경이 속속 바뀌기 시작했다.

"최선우, 고맙다!"

내게 말한 선생님은 수업을 이미 몇 시간은 한 것 같은 표정이었다. 도움이 된 건 좋았지만 튀고 싶지 않다는 내 바람은 개학 첫날부터 깨져 버렸다.

“자, 다 들어왔죠? 이제 시작할 거니까 비디오 끈 친구들은 모두 켜세요.”

한바탕 소란 끝에 드디어 반 아이들의 모습이 한 화면에 잡혔다. 화면 속 아이들은 마치 자기 방 창문에서 얼굴만 내놓고 있는 것 같았다. 교실에선 아이들 뒤통수를 보고 앉는데 오히려 비대면 수업에서 마주 본다는 게 아이러니했다. 남뿐만 아니라 내 얼굴과도 마주해야 했다. 자기 모습이 비치니 거울 같은지 계속 머리나 얼굴을 매만지는 아이들도 있었다.

그런데 유독 화면 하나가 까맸다. 불이 꺼진 창처럼 검은 화면에 ‘30209 류정후’란 글자만 하얗게 떠 있었다. 정후 같은 모범생이 첫 시간부터 선생님 말을 안 들을 리 없었다. 유튜브 편집을 하면서 알고 지내서인지 신경이 쓰였다. 나는 잠시 망설이다 톡으로 비디오를 안 켰다고 알려 주었다. 하지만 정후는 내 메시지를 읽지도, 화면을 켜지도 않았다.

선생님은 출석을 부르는 대신 번호순으로 직접 자기소개를 하자고 했다.

“그래야 서로 얼굴과 이름을 익힐 수 있을 것 같아요. 1번부터 자기 순서 되면 마이크 켜고 말하세요.”

선생님의 말이 새삼스레 이 상황의 이상함을 일깨워 주었다. 얼굴과 이름은 학교에 다니면 며칠 만에 저절로 알게 되는 거였다. 1번이 "안녕하세요? 강수민입니다. 잘 부탁합니다." 하고 인사하자 그게 공식이 돼 다음 아이들도 그대로 따라 했다. 내 번호는 23번이라 좀 여유가 있었다. 아이들이 자기소개를 할 때마다 선생님도 이름을 불러 주며 "반갑다." "잘해 보자." 같은 짧은 인사를 건넸다.

나는 아직도 비디오가 꺼져 있는 9번, 정후 차례를 기다렸다. 8번의 인사가 끝나자 정후 대신 선생님이 말했다.

"정후는 지금 좀 아파서 병원에 있어요. 당분간은 마이크와 비디오를 끈 채 수업에 참여할 거예요."

입원? 그래도 수업에 참여할 정도면 많이 아픈 건 아닌가 보다. 어디가 아픈지 묻는 질문이 몇 개 채팅창에 올라왔지만 선생님도 자세한 건 아직 모른다고 했다.

어느덧 내 차례가 됐다. 나도 앞의 아이들이 했던 방식대로 짧게 내 소개를 했다. 선생님은 다른 애들한테보다 길게 답했다.

"선우 덕분에 오늘 많이 수월했어. 앞으로도 부탁한다."

개학 날 선생님에게 인정과 칭찬을 받는 건 내 인생에 처음 있는 일이었다. 교실이었다면 아이들의 "우우." 하는 소리가 쏟아졌을 것이다. 결코 주목받기를 바란 적은 없지만 당연히 있어야 할 반응이 없자 뭔가 허전했다. 혼자 단절된 공간에 있다는 느낌이 들었다. 다닥다닥 붙은 화면과 화면 사이가 갑자기 몇십만 광년

씩 떨어져 있는 것 같았다. 그중에서도 까맣게 꺼진 정후의 화면이 도드라져 보였다.

임시 회장을 뽑을 차례였다. 정식 학급 임원은 등교하고 나서 선출할 거라고 했다. 선생님이 먼저 임시 회장에 자원할 기회를 주었지만 아무도 나서는 아이가 없었다. 다음은 추천을 받았다. 공부를 잘하거나 그 전에 회장을 했던 아이들 이름이 등장할 거라고 생각하고 있다가 채팅창에 올라온 이름에 깜짝 놀랐다. '최선우'.

최선우라니! 나를 추천한 홍연수는 같은 반을 한 적이 없는 애였다. 하지만 자기소개 때 강렬한 인상을 남겼다. 이름과 인사 외에 다른 말을 덧붙인 유일한 아이였기 때문이다.

"그동안 연수기라는 별명이 너무 싫었는데 학교에 못 가니까 친구들이 불러 주던 별명도 그립네요. 빨리 코로나가 끝나서 학교에서 만났으면 좋겠어요."

연수의 말에 나는 다른 아이들처럼 웃을 수가 없었다. 미호가 떠오른 탓이었다. 구미호가 별명인 미호도 이렇게 개학식을 하고 있겠지. 미호를 생각하면 여전히 마음이 허전하고 아렸다.

홍연수의 추천에 찬성과 동의가 잇달았다. 첫날부터 나댄 행동이 빚은 참사였다. 나는 얼떨해서 사양할 타이밍을 놓쳤다. 그걸로 내가 임시 회장을 받아들인 모양새가 되고 말았다.

"자, 우리 반 임시 회장 최선우의 소감을 듣고 마치자."

머릿속이 하얬다. 더듬거리며 무슨 말인가 했는데 대화창에 마이크 켜라는 글이 연달아 올라왔다. 나는 모양 빠지게 허둥지둥 마이크를 켜고 정식 회장을 뽑을 때까지 열심히 하겠다고 말했다. 아이들이 소리 없는 박수를 쳤다.

줌 방에서 나온 나는 그때까지 참고 있었던 것처럼 숨을 토해 냈다. 지금까지 임시라도 회장이 된 건 처음이었다. 나는 내가 임원 같은 건 절대로 하기 싫어하는 성격이라고 여겼는데 막상 회장이 되자 무언가 내 안에 바람을 불어넣은 것처럼 마음이 펄럭였다.

엄마 아빠가 가장 먼저 생각났지만 알리지는 않았다. 임시 회장만 하고 끝날 게 뻔한데 좋아하는 것처럼 보이고 싶지 않았다. 임시 회장 기간이 끝났을 때 내가 실의에 빠졌을 거라고 여기며 온갖 배려를 할 게 벌써부터 귀찮았다. 하지만 마침 톡을 보내온 명제에게는 자랑하고 싶었다. 그리고 명제와 같은 반인 서빈이도 궁금했다.

명제는 엉망이었던 담임과의 시간을 이야기하기 바빴다.

— 난리도 그런 난리가 없었음. 무슨 샘이 애들보다 더 몰라.

명제 말대로 선생님들도 어째야 할지 잘 모르는 게 분명했다. 명제네 반은 애들이 나서서 마이크 꺼라, 비디오 켜라, 해 가며 겨우 출석만 부르고 끝났다고 했다. 그리고 내가 궁금해하던 이야기가 묻기도 전에 나왔다.

— 박서빈은 유튜브 때문에 완전 스타임. 임시 회장 됐어.

써빈로긴 편집자로서 뿌듯했다. 임시 회장 이야기가 나온 김에 내 이야기를 흘렸다.

— 우리 반은 이 형님이 회장 됨. ㅋㅋㅋ

— 뭔 일? 이따 학원에서 회장 턱 내라.

— 임시 회장인데 뭔 턱… 야, 수업 늦었어. 나중에 보자.

수업 시간에도 내내 혼란이 이어지다 점심시간이 되었다. 나는 컴퓨터 앞에서 아빠가 만들어 놓고 간 제육김치볶음밥을 먹으며 명제와 게임을 했다. 학교에서의 점심시간이었다면 상상도 못 했을 일이다.

개학 첫날은 6교시를 해서 3시 반에 끝났다. 내 방 책상 앞에만 앉아 있었는데 어쩐 일인지 학교에 다녀온 것보다 더 피곤했다. 새로운 수업 방식에 적응하기도 힘든데 줌에 문제가 있는 애들까지 신경 쓴 때문이었다. 아이들이 회장이라고 부를 때마다 웃기게도 책임감과 사명감이 솟구쳤다.

안부

온라인 개학 영상을 찍겠다고 했던 서빈이에게선 아무런 연락이 없었다. 정후 일도 물을 겸 서빈이에게 개학 영상을 언제 줄 건지 톡을 보냈다. 서빈이는 내 메시지를 읽고도 답을 하지 않았다. 나는 다시 정후가 어쩌다 입원까지 한 거냐고 물었다. 임시라도 내가 회장이니까 같은 반 애를 챙겨야 한다는 생각에서였다.

서빈이는 첫 온라인 수업이라 정신없어서 개학 영상은 못 찍었고, 정후가 어디가 아픈지는 잘 모른다고 했다. 놀라거나 되묻지 않는 걸 보면 정후가 입원한 사실은 아는 모양이었다. 모른다기보다 말하고 싶지 않은 듯했다. 나는 알 필요 없다는 뜻인가. 서빈이는 바쁘다면서 톡을 끝냈다.

서빈이한테서 대답을 듣지 못하자 더 신경 쓰였다. 나는 오래간만에 아람이의 인스타그램에 들어가 보았다. 새로 산 운동화, 마스크 셀카, 학원 가면서 사 마신 에너지드링크 같은 것들만 올라와 있을 뿐 정후 소식은 없었다. 태하 페이스북에도 정후와 관련된 게시물은 없었고, 서빈이는 SNS 활동을 안 한 지 오래된 상태였다. 태하보다는 친절한 성격인 아람이한테 묻는 게 편했다. 나는 썼다 지웠다 하며 메시지를 작성했다.

— 안녕? 개학 첫날 잘 보냈어? 정후 병원에 입원했다는데 어디 아픈 건지 알아?

아람이는 10분도 더 지나 답을 했다.

— 니가 신경 쓸 일 아냐.

— ??

— 우리가 알아서 할 거니까 신경 끄라고.

아람이도 무언가 알면서 감추고 있는 게 확실했다. 순간 정후가 코로나에 걸렸나, 하는 생각이 머리를 스치고 지나갔다. 확진자가 날마다 만 명 넘게 나오는데 누구든 안 걸리란 보장은 없었다. 신상이 털릴까 봐 비밀로 하는지 몰랐다. 한번 그렇게 생각하니까 점점 확신이 들었다. 청소년은 걸려도 감기처럼 가볍게 지나간다고 했다. 정후도 그러니까 병원에서 수업을 들을 수 있는 거겠지.

학원에서 만난 명제에게 서브웨이 세트 메뉴로 회장 턱을 냈다. 명제는 샌드위치의 포장을 벗기며 내가 어떻게 임시 회장이 될 수 있었는지 물었다.

"네가 하겠다고 나섰을 리는 없고 말이야."

"자원하는 애가 없었는데, 어떤 애가 날 추천했어. 그러니까 다른 애들도 다 찬성해서……."

"널? 왜?"

샌드위치를 크게 한입 베어 문 명제가 눈을 둥그렇게 떴다. 나는 그 당시 상황을 설명했다.

"오지랖의 결과로군. 뭐, 덕분에 이렇게 턱도 얻어먹고 좋네. 너 정식 회장 되면 진짜 거하게 쏴야 한다."

"꿈 깨. 너네 반은 박서빈이 정식 회장까지 되겠다."

1, 2학년 내내 임원을 했고 전교 부회장까지 한 아이니 뻔한 예상이었다.

"그건 몰라. 우리 반은 자원한 애가 세 명이나 있었어. 그래서 톡으로 투표했는데 2위랑 두 표 차로 서빈이가 된 거야. 그런데 누가 널 추천했냐?"

"홍연수라는 앤데 나도 모르는 애야."

홍연수는 단톡방에서 아이들이 눈치만 보고 있을 때 적극적으로 나서서 의견을 잘 내던 아이였다. 그런 애가 왜 직접 회장을 하지 않고 날 추천했는지 모를 일이었다.

"어? 나 연수랑 친한데. 2학년 때 내 뒷번호였어. 그래서 주번도 같이 하고, 조별 과제도 같이 한 적 많아."

명제가 등받이에서 몸을 떼고 말했다.

"그런데 왜 한 번도 말 안 했어?"

"그냥 반 친군데 뭔 말을 해. 너 관심 있냐? 소개해 줄 수도 있는데."

명제가 빙글거렸다. 속내를 들키기라도 한 듯 얼굴이 뜨거워졌다.

"됐어."

"실연의 상처는 다른 연애로 씻는 거야. 관심 있으면 언제든지 말해."

"꺼져라."

잠시 다른 길로 샜던 화제는 다시 임시 회장으로, 박서빈으로 돌아왔다.

"근데 박서빈 걔, 좀 뻔뻔한 거 같아. 애들이 유튜브에 대해서 물었거든. 촬영 어떻게 하냐, 편집은 누가 하냐. 그런데 다 자기 혼자 하는 것처럼 말하는 거야. 이건 좀 아니지 않냐?"

명제가 못마땅한 기색으로 나를 보았다. 나도 서빈이가 나라는 존재를 없는 것처럼 구는 게 점점 더 서운하게 느껴지던 차였다. 하지만 뒷담화를 하고 싶지는 않았다.

"내가 알려지는 거 싫어서 말하지 말랬다고 했잖아."

"그래도 그렇게 시치미를 떼는 건 아니지. 채널 커진 게 누구 덕인데. 네가 편집 안 해 줬어 봐라."

서빈이는 내 공을 무시한 적이 없었다. 늘 내 덕이라며 고마워했지만 언제부턴가 더는 그림자로 있고 싶지 않다는 생각이 슬며시 머리를 들고 있었다. 채널 구독자도 어느새 천오백 명 가까이 됐다. 유튜브에는 밝히지 않더라도 학교 친구들에게는 써빈로긴의 편집자가 나임을 알리고 싶었다. 그리고 밀린 문화상품권도 받아야 한다. 나는 다른 사람과 뒷담화를 하는 대신 서빈이와 직접 이야기하리라 마음먹었다.

목요일인 부처님오신날부터 다음 주 화요일인 어린이날까지 황금연휴였다. 학교도 그 기간 동안 단기 방학을 했다. 6일이나 노는데 갈 곳도 할 것도 없었다. 명제가 만나서 놀자고 했지만 피시방이나 코인노래방 같은 곳들을 바이러스의 온상으로 여기는 분위기였다. 나가 돌아다니다 코로나에 걸려 엄마 아빠에게 옮길까 봐 무서웠다.

단기 방학 이틀째인 금요일 저녁, 엄마와 나는 오래간만에 피자를 시켜 먹었다. 그동안 엄마나 나나 살이 쪄 배달 음식을 자제하기로 했었다. 피자가 두 쪽 남았을 때 계속 울리는 카톡 알림음에 휴대폰을 확인한 엄마의 얼굴이 사색이 되었다.

"왜? 무슨 일인데?"

"어쩌면 좋아. 김 선생 어머니가 코로나 확진이래."

김 선생은 엄마네 도서관 사서다. 엄마는 김 선생 어머니를 걱정하는 동시에, 김 선생이 일주일 전에 어머니를 만났다는 사실 때문에 당황했다. 엄마는 최근에 김 선생을 만난 적이 없지만 김 선생과 근무했던 박 선생과 수요일, 목요일에 함께 근무했다. 김 선생은 밀접접촉자, 박 선생은 밀접접촉자의 밀접접촉자, 엄마는 밀접접촉자의 밀접접촉자의 밀접접촉자인 셈이었다. 나나 아빠 또한 엄마와 밀접접촉자였다. 이런 일이 우리 가족한테도 일어나다니. 갑자기 머리가 뜨겁고 목에 가래가 낀 것처럼 답답했다.

엄마는 허둥지둥 마스크를 쓰더니 나한테 피자 남은 걸 가지고 방으로 들어가라고 했다.

"엄마가 거실 소독해 놓고 보건소에다 어째야 하는지 알아볼 테니까 너는 나중에 나와."

여태 같이 앉아서 밥도 먹고 대화도 나눴는데 무슨 소용이 있나 싶으면서도 남은 피자를 가지고 후다닥 방으로 들어왔다. 불안한 마음으로 코로나 증상을 다시 검색해 보는데 정후 생각이 났다. 그동안 줌으로 쌍방향 수업을 할 때마다 꺼져 있는 정후의 검은 화면이 계속 신경 쓰였다. 코로나가 우리 가족의 문제로 닥치니까 정후가 더 궁금해졌다.

개학식 날 내가 보낸 메시지뿐인 정후와의 카톡방을 열어 보았다. 톡 옆의 숫자가 어느 결엔가 사라지고 없었다. 답은 없지만 내 글을 읽었다는 것만으로도 마음이 놓였다.

나는 경계가 삼엄한 병실에서 혼자 공부하는 정후의 모습을 상상했다. 그 애 곁에는 부모님도 방호복을 입어야만 갈 수 있을 것이다. 아, 가족도 면회를 못 한다는 것 같았다. 이제 어쩌면 우리 가족 이야기가 될 수도 있다. 정말 그렇게 되면 얼마나 무섭고 외로울까.

나는 내가 개학 날 보냈던 '너, 비디오 안 켜졌어.'라는 메시지 아래 새로운 메시지를 썼다.

— 정후야, 잘 지내? 아직도 많이 아픈 거야? 내가 도울 일 있으면 뭐든지 말해 줘.

아픈 애한테 잘 지내냐니. 도울 일 있으면 말하라니. 나와 말조차 섞으려 하지 않던 아이인데. 톡을 보내고 나니 후회됐다. 하지만 회장으로서 이 정도 관심은 가져도 되는 거 아닌가. 등교를 하면 회장을 새로 뽑을 거다. 그 전까지는 내가 할 일을 하는 거다.

안방에 있는 엄마한테서 전화가 왔다. 나는 얼른 전화를 받아 급하게 물었다.

"보건소에서 뭐래?"

"위험한 상황은 아니지만 혹시 모르니까 내일 보건소에 와서 검사받으래. 어쨌든 결과 나올 때까진 가족하고도 격리하고. 엄마는 안방에만 있을 테니까 너도 거실에 나올 때는 마스크 써. 손 자주 씻고."

엄마는 격리 병동에라도 들어간 사람처럼 절박하고 애틋한 목소리로 말했다. 몇 걸음이면 갈 수 있는 안방이 아주 멀리 떨어진 곳처럼 느껴졌다.

"아빠한테 연락할까?"

재택근무인 엄마와 달리 아빠는 연휴에도 평소대로 근무했다. 여객 터미널은 텅텅 비었지만 공항의 다른 곳은 그전과 똑같이 운영된다고 했다.

"걱정하게 뭐 하러. 내일 아침에 퇴근하면 그때 말하자."

우리 곁에 없는 아빠가 그리웠다.

모르는 일

밤 9시쯤 낯선 번호로 문자가 왔다.

— 최선우 학생, 나 정후 엄마예요. 통화 좀 할 수 있을까요?

정후 엄마가 무슨 일이지? 네, 라고 쓰자마자 전화벨이 울렸다. 휴대폰을 받자 정후 엄마가 말했다.

"밤에 갑자기 연락해서 미안해요."

친구 엄마한테 존댓말을 듣는 게 어색했다.

"괜찮아요. 아 참, 안녕하세요?"

정후 엄마는 내 인사에 답하지 않았다.

"아들 친구니까 말 편하게 할게요. 선우도 정후가 지금 아픈 거 알지?"

"네……."

"왜 아픈지도 알고 있지?"

"네. 네? 아, 아뇨."

코로나에 걸렸다는 건 순전히 내 상상이었다.

"선우야, 네 도움이 필요해. 네가 서빈이 유튜브 영상 편집했다며. 그럼 아는 게 있을 거 아냐."

애가 타는 목소리였다. 정후 엄마가 무슨 말을 하는 건지 알 수 없었지만 영상 편집이란 말에 바짝 긴장이 됐다.

"뭐, 뭘요?"

"애들이 정후 영상을 찍은 게 있다며."

"그건 다 같이 놀면서 찍은 건데……."

정후는 많이 찍히지도 않았다. 그나마도 제일 많이 편집돼서 분량이 적었다.

정후 엄마는 한숨을 쉬었다. 그러고는 나중에 다시 연락하겠다며 전화를 끊었다. 왜 아픈 건지, 아픈 거랑 영상이랑 무슨 상관이 있는 건지 의문만 더 늘어났고, 찜찜한 기분이 들었다. 서빈이나 아람이, 태하 중 누구한테 이 일에 대해 물어볼지 생각하고 있는데 다시 정후 엄마한테서 전화가 왔다. 전화를 받자마자 분노에 찬 정후 엄마 목소리가 튀어나왔다.

"너희들은 놀면서 찍은 거라지만 그것 때문에 정후는 죽으려고 했어!"

머릿속이 하얘졌다. 죽으려고? 자, 자살? 수백 개의 방망이가 일시에 가슴을 쳐 댔다.

"지금 변호사 선임해서 증거 수집하고 있어. 너도 나중에 문제 될 수 있으니까 뭘 찍었는지 지금 말하는 게 좋을 거야."

정후 엄마가 내게 다그치듯 말했다. 변호사, 증거 수집, 문제……. 나는 지금까지 학교에서 문제 되는 일에 가담해 본 적도, 휘말려 본 적도 없었다. 공부는 잘하지 못해도 사고 한 번 안 쳤다고 엄마 아빠가 늘 자랑해 왔다. 그런데 이게 뭐지? 너무 무서웠다. 엄마에게 쫓아가 잘못 걸려 온 것 같은 이 전화를 넘겨주고 싶었다. 하지만 엄마는 지금 직원 어머니의 확진만으로도 너무 놀란 상태이다. 게다가 코로나에 감염됐을지도 몰랐다. 이런 상황에 더 걱정을 끼칠 수는 없었다. 몸이 막 떨렸다. 목소리도 떨려 나왔다.

"무, 무슨 말씀이신지 저, 전 잘 모르겠어요. 전 그냥 서빈이가 보내 준 영상 편집만 했어요. 그 애들하고 치, 친하지도 않고요."

그중에서 정후하고 가장 안 친했다. 나는 얼른 덧붙였다.

"그리고 제가 편집한 영상엔 이상한 거 없었어요."

"그런데 정후한테 왜 도울 일 있으면 말하라고 한 거야? 아는 게 있어서 말한 거 아니니?"

정후 엄마 목소리가 조금 누그러들었다. 그 순간 무슨 일인지 몰라도 오해받거나 누명을 쓰지 않도록 정신 바짝 차려야 한다는 생각이 들었다. 나는 아랫배에 힘을 주고 말했다.

"그건 그냥 제가 회장, 아니 임시 회장이라서 그랬던 거예요. 정후가 그래요? 제가 안다고요?"

정후 엄마가 한숨을 내쉬었다.

"차라리 정후가 말이라도 하면 좋겠어. 이나마도 일기장 찾아서 겨우 알아낸 건데 거기에도 자세히는 안 쓰여 있고……. 서빈이가 주동이 돼서 정후 영상을 찍은 게 있나 본데, 정말로 뭐 아는 거 없어?"

한마디 한마디가 놀랍고 무서운 내용이었다. 뉴스에서나 봤던 이야기들이 어지럽게 떠올랐다. 서빈이가 그런 짓을 했다고? 도저히 믿기지 않았다.

"그동안 그걸 가지고 애를 얼마나 괴롭혔으면……."

정후 엄마 말에 울음이 섞였다. 그 울음이 내 가슴속으로도 스며드는 것 같았다.

"정후, 수업에는 날마다 들어왔는데……."

나는 간신히 말하며 비디오도 마이크도 꺼져 있던 정후의 검은 화면을 떠올렸다.

"그건 내가 수업 일수 때문에 켜 놓은 거야. 정후는 학교 애들 목소리 듣는 것도, 보는 것도 싫어해. 선우야, 우리 정후 이 일 제대로 해결되지 않으면 학교, 아니 제자리로 못 돌아와……. 꼭 좀 도와줘."

정후 엄마의 흐느낌이 나를 마구 뒤흔들었다. 하지만 무슨 말을 해야 할지 알 수 없었다. 어금니가 딱딱 맞부딪혔다. 감정을 수습한 정후 엄마가 말했다.

"친구들 잘못을 감춰 주는 게 우정이 아니야. 지금 벌 받고 뉘우치고 다시는 그런 짓 안 하는 게 그 애들을 위해서도 나은 거야. 아주 작은 거라도 생각나는 거 있으면 언제든지 연락해 줘. 부탁이야."

통화를 마친 나는 무너지듯 털썩, 의자 등받이에 몸을 기댔다.

한참을 멍하니 있다 유튜브 검색창에 써빈로긴을 쳐 보았다. K-중학생 시리즈가 주르르 떴다. 하나하나 고심해서 제목을 정하고 섬네일을 만든 것들이다. 내가 편집한 영상 속 서빈이는 멋지고 완벽한 아이였다. 공부 잘하고, 매너 좋고, 리더십과 카리스마가 있고, 유머까지 갖췄다. 댓글에도 서빈이가 멋지다는 내용이 많았다. 서빈이를 닮고 싶다, 배우고 싶다는 댓글들도 있었다.

서빈이가 주동자라는 정후 엄마의 말이 뇌리를 떠나지 않았다. 유튜브 영상 속 서빈이와 정후 엄마가 말하는 서빈이는 다른 사람 같았다. 지금껏 서빈이를 거짓으로 미화한 건 아니었다. 진짜 괜찮은 애라고 생각했기에 그런 모습이 돋보이게 했던 건데…….

충격과 혼란에 빠져 앉아 있는데 카톡 알림이 연달아 울렸다. 태하와 명제한테서 동시에 온 거였다. 명제의 메시지는 '박서빈 유튜브…….' 하는 내용이었고, 태하 건 '정후 엄마한테 연락 오면…….'이었다. 나는 태하의 메시지부터 열었다.

— 정후 엄마한테 연락 오면 무조건 아무것도 모른다고 해.

— 방금 전화 왔었어.

답을 하기 무섭게 전화가 왔다.

"뭐래?"

태하가 득달같이 물었다. 나는 태하에게 되물었다.

"도대체 너희들…… 정후한테 무슨 짓을 한 거야? 무슨 영상을 찍은 건데? 정후가 그거 때문에 그랬……다는 게 사실이야?"

나는 그 모든 일이 사실이 아니기를 바라며 물었다. 정후가 차라리 코로나에 걸려 입원해 있는 것이기를 빌었다.

"아, 그거 장난 좀 친 거 가지고 지질한 새끼가……, 하여간 넌 모른다고만 하면 돼. 야, 끊어."

태하는 갑자기 목소리를 낮추며 다급하게 전화를 끊었다.

의자가 푹 꺼지는 것 같았다. 정후와 뒤엉켜 어딘지 모를 공간으로 추락하는 느낌이었다. 부여잡을 것을 찾아 허공을 휘젓는 내 몸짓이 남의 것인 양 보였다.

명제한테서 또 톡이 왔다. 나는 그제야 명제의 메시지를 확인했다.

— 박서빈 유튜브 없어진 거 알고 있어?

— 입시 때문에 부모님이 삭제하라고 했다는데. 너도 알아?

믿기 힘든 소식이었다.

— 뭔 소리야? 내가 지금 보고 있는데.

— 다시 들어가 봐.

나는 페이지 새로고침을 눌렀다. 명제 말대로 서빈이의 채널이 뜨지 않았다. 유튜브 검색창에 써빈로긴을 쳤지만 마찬가지였다. 채널이 원래 없었던 것처럼 사라졌다. 이게 뭐지? 강한 태풍이 잇달아 몰려와 사정없이 나를 후려치는 것 같았다. 호랑조랑이 올린 합방 영상이 보였다. 써빈로긴이라는 채널이 있었다는 유일한 증거였다. 호랑조랑을 보자 미호에게 전화 걸어 이 상황을 털어놓고 싶었다.

— ㅅ서비닉이가 그래? 입시ㅐ대문에 안한다고???

나는 대화창으로 돌아가 떨리는 손가락으로 물었다. 명제가 자기네 반 단톡방 대화를 캡처해서 보내 주었다. 어떤 애가 써빈 로긴이 없어진 이유를 물었고, 서빈이의 대답은 명제가 말한 대로였다.

— 너 진짜 몰랐던 거야?

나는 명제와의 대화창을 닫았다. 그러고는 마음속으로 외쳤다. 몰랐다고! 진짜로 아무것도 모른다고! 나랑 상관없는 일이라고!

모니터에 유튜브 섬네일들이 가득 떠 있었다. 하지만 서빈이의 채널은 없었다. 내가 들인 시간과 노력도 함께 사라졌다. 그 자리를 자살 시도, 변호사, 증거…… 평생 내 인생과 관련 없을 것 같던 단어들이 어지러이 휘젓고 다녔다.

아이들은 정후에게 무슨 짓을 한 걸까?

나는 정말 아무것도 모르는 걸까?

아는 일

새벽에야 겨우 잠들었는데 자는 내내 악몽의 연속이었다. 갑자기 들이닥친 경찰이 내게 수갑을 채우기에 정후 일 때문인 줄 알았더니 코로나에 걸려서라고 했다. 좀비가 된 정후가 내 목을 물어뜯기도 했다. 서빈이와 아람이, 태하가 나를 비웃었다. 엄마 아빠는 그런 내 모습을 보고 울거나, 모르는 척하거나, 코로나에 걸려서 구급차에 실려 갔다. 나는 엄마 아빠를 소리쳐 부르며 울다 깼다. 벌써 낮 12시가 다 돼 가고 있었다.

커튼 틈으로 보이는 하늘이 너무 맑고 평화로워 비현실적인 느낌이 들었다. 나는 누운 채 방문 밖에 귀를 기울였다. 야간 근무를 한 아빠가 집에 돌아왔을 텐데 아무 기척이 없었다. 엄마는 검사받으러 간 걸까.

자리에서 일어났지만 무언가 큰일이 벌어졌을 것만 같아 나가기가 겁났다. 휴대폰을 보는 것도 마찬가지였다. 그사이 정후 엄마나 아이들한테서 또 무슨 연락이 와 있을까 봐 화면을 켜기가 무서웠다. 그때 톡 알림이 울리는 바람에 소스라치게 놀랐다. 엄마가 가족 단톡방에 글을 올린 거였다. 보건소에 와 있는데 사람이 많아 아직도 검사를 받지 못했다고 했다.

— 결과 나오는 대로 연락할 테니까 먼저 점심 먹어.

대답 대신 하트 이모티콘을 보내는데 코끝이 찡했다. 숨 쉬는 것처럼 일상적이던 일들이 새삼스레 아프게 다가왔다.

거실로 나가니 아빠가 소파에 웅크린 채 잠들어 있었다. 보통은 점심을 먹고 자는데 많이 피곤한 모양이었다. 봄볕에 그을린 아빠 얼굴은 휴가라도 다녀온 것처럼 검게 타 있었다. 나는 엄마가 만들어 놓고 간 김치찌개를 데우고 냉장고에서 반찬들을 꺼내 식탁을 차렸다. 그 소리에 깬 아빠가 세수를 하고 식탁으로 왔다. 아빠와 둘이 밥을 먹기 시작했다. 혼자인 것보다 아빠와 함께 있으니 든든했다. 하지만 입 안이 깔깔해서 밥이 잘 넘어가지 않았다.

"왜, 엄마 때문에 그래? 걱정 마. 음성일 거야."

깨작거리는 날 보고 아빠가 말했다. 그러는 아빠 얼굴에도 불안함이 서려 있었다. 엄마가 코로나일지 모른다는 것만으로도 이렇게 불안한데. 아들이 병원에 있는 정후 엄마는 수도 없이 가슴이 무너졌을 것이다. 당사자인 정후는 또 얼마나 힘들까.

나는 아빠에게 다 털어놓고 싶은 걸 꾹 참았다. 내가 친구 유튜브 영상을 편집한다는 말에, 드디어 꿈을 찾았다고 좋아하던 모습이 떠올라서였다. 그런데 내가 이런 일에 연루됐다는 걸 알면 얼마나 걱정할까. 알리더라도 엄마의 검사 결과가 나온 다음에 하고 싶었다. 만약에 확진이라면 엄마 아빠에게 이런 걱정까지 떠안게 할 수는 없다. 그럼 어쩌지? 어떤 일이 벌어져도 엄마 아빠는 몰랐다는 내 말을 믿어 줄 거다. 믿어…… 주겠지?

아빠는 밥을 먹으면서도 허리를 두드리고 몸을 비틀었다. 아빠가 요즘 하는 일은 활주로 줄눈 보수였다. 활주로는 워낙 넓기에 도로 포장재가 커다란 조각으로 나뉘어 있는데, 그 조각들이 온도에 따라 수축하거나 팽창해도 문제가 없도록 사이사이를 실리콘 비슷한 재질로 채워야 한다. 줄눈 보수란 그 조각 틈을 유지 보수하는 일로, 가릴 것 하나 없는 드넓은 아스팔트 위에서 허리 빠지게 해야 하는 힘든 노동이라고 했다. 아빠는 제설 작업을 가장 좋아했고 줄눈 보수를 제일 힘들어했다.

"밥 먹고 안마해 줄까?"

내 말에 아빠 얼굴이 환해졌다.

"그럼 좋지!"

안마보다 내 관심이 좋아서라는 걸 나는 알았다.

밥을 먹고 나서 거실 바닥에 엄마가 가끔 사용하는 요가 매트를 깔았다. 나는 그 위에 엎드린 아빠의 어깨를 주무르고 등과 허리는 발로 자근자근 밟았다. 우두둑우두둑 소리가 날 때마다 아빠는 '시원하다.'를 연발했다. 드러난 목덜미와 옷깃 속의 피부 색깔이 금을 그은 것처럼 달랐다. 땡볕에서 일하지 않았다면 이렇게까지 다르진 않을 거였다.

문득 정후 엄마가 했던 말이 떠올랐다.

"우리 정후 이 일 제대로 해결되지 않으면 학교, 아니 제자리로 못 돌아와……."

아빠도 그 자리로 돌아가지 못했다.

"꼭 좀 도와줘."

정후 엄마의 말 한 음절 한 음절이 쇳덩이처럼 가슴을 짓눌렀다. 나는 아빠에게 마음속을 맴돌고 있는 질문을 했다.

"아빠, 내부고발이란 거, 그때로 돌아간다면 다시 할 거야?"

아빠는 내가 갑자기 묻는 게 이상했는지 고개를 들어 돌아다보았다. 나는 아빠 등을 꾹 밟아 앞을 보게 했다. 아빠는 다시 팔 위에 얼굴을 얹었다.

"그냥 그 회사 다녔으면 지금쯤 부장님 됐을 텐데. 후회한 적 없어?"

"왜 안 했겠어. 수백 번도 더 후회했지."

아빠가 얼굴을 팔 위에 얹은 채 말했다. 수백 번도 더 후회했다고? 다리에 힘이 쭉 빠지는 것 같았다.

"그럴 걸 왜 한 거야?"

나는 겨우 물었다. 한동안 침묵하던 아빠가 대답했다.

"비리를 관행이라고 생각하면서 눈감았다면 결국은 나도 비리를 저지르는 사람이 됐겠지. 그럼 계속 너나 네 엄마, 그리고 나 자신한테 부끄러웠을 거야. 아빠는 그게 제일 싫었어. 그런데 그건 갑자기 왜 물어?"

아빠가 고개를 들며 물었다.

"그냥……. 아빠는 지금 하는 일이 정말 좋아?"

"음……, 좋아. 회사 그만두고 이 일 저 일 할 때 처음엔 힘들었지. 적응하기도 어렵고. 내 일이 아닌 것도 같고. 그러다 깨달은 거야. 평생 이렇게 살다가는 후회만 남는 인생이 될 거라는 걸. 후회하는 대신 지금 내가 하는 일을 진심으로 사랑하기로 했어. 택배 기사 할 때도, 대리운전 할 때도, 집안일을 할 때도 진심으로 했어. 그러니까 한결 편해지더라. 어, 시원하다. 이제 그만해."

아빠는 스트레칭을 하며 개운해진 표정으로 소파에 앉았다.

"말 나온 김에 알려 주는 건데, 앞으로 공익 제보자 모임에 가입해서 활동할까 해."

"그게 뭐 하는 건데?"

"공익 제보자들을 지원하고, 부패 추방을 위해 힘쓰는 모임이야. 제보자들의 피해 보상 문제도 공론화하고."

"갑자기 왜?"

"갑자기는 아니야. 처음에는 예전 일로 더는 신경 쓰거나 상처받고 싶지 않아서 피했는데, 이제 용기가 생긴 거지. 앞으로는 열심히 해 보려고."

집안 분위기가 다시 출렁이는 건 아닌가 걱정됐다.

"엄마도 알아?"

"그럼. 회사 일에 지장 주지 않는 선에서 해 보래."

엄마 아빠가 합의했으니 내가 더 할 말은 없었다.

나는 식탁을 치우기 시작했고 아빠는 매트를 집어 들더니 잡동사니가 들어찬 작은방으로 갔다. 평소 같으면 안방에서 잘 텐데 밀접접촉자인 엄마를 위한 배려였다.

설거지를 마치고 얼음 컵에 탄산수를 채웠다. 방으로 들어와 책상 앞에 앉자 검은 모니터에 내 얼굴이 비쳤다. 그 모습이 어둠에서 걸어 나온 유령 같았다. 오늘 새벽까지 나는 내가 편집했던, 이제는 세상에서 사라진 영상들을 보았다. 영상은 21개나 됐다. 편집하던 때의 상황과 생각들이 하나하나 선명하게 떠올랐다. 처음에는 한 편 편집하는 데 10시간이 넘게 걸리다 차츰 줄어들어 최근엔 5~6시간 걸렸다. 대충 잡아도 200시간 가까이 썼다. 시간은 계산할 수라도 있지, 쏟아부은 열정은 계량하기 힘들었다. 그 시간과 정성이 허사가 된 것보다 훼손됐다는 느낌이 더 참기 힘들었다.

써빈로긴 영상과 서빈이에게 환호하고 응원을 보내는 댓글들을 보며 정후는 무슨 생각을 했을까. 늘어나는 구독자와 조회수를 보는 마음은 또 어땠을까. 정후 눈에는 나도 서빈이들과 다를 것 없는 아이로 보였겠지. 마치 내가 정후를 절망의 나락으로 떠다민 것 같았다.

나는 탄산수를 들이켠 다음 편집본이 아니라 원본 영상 폴더를 열었다. 그리고 1~2시간짜리 원본 영상을 처음부터 보기 시작했다. 새벽에 편집본을 볼 때는 감정적이었다면 지금은 차분해진 마음으로 생각이라는 걸 하며 보았다.

편집을 할 때는 무조건 서빈이 위주였지만 원본 영상을 보면서는 정후 위주로 살폈다. 그러자 예전에는 무심코 넘겼던 장면들이 새롭게 보였다. 시험 끝난 날 멀티게임장에서 정후랑 태하가 시비 붙었을 때의 장면도 그중 하나였다. 승부욕이 발동했는지 그날 정후는 평소와 달리 적극적이었고 태하와 싸움이 났을 때도 지지 않고 맞섰다. 그런데 태하가 귀에 대고 무슨 말인가 하자 표정이 바뀌며 물러섰다. 무슨 말로 정후를 포기하게 했는지 이제는 짐작이 갔다. 나는 정후와 태하뿐 아니라 빙글거리며 구경하는 아람이, 키득대며 촬영하는 서빈이까지, 그 장면을 모두 잘라 냈었다.

영상에서 정후는 웃는 적이 거의 없었다. 나는 그런 정후를 내성적인 성격 탓이려니, 유튜브 촬영하는 게 싫어서려니, 내가 자기네 무리에 끼는 게 못마땅해서려니 하고 넘기며 최소한만 등장시켰다. 뷔페 비용과 멀티게임장비를 내고 각종 기프티콘을 쏘고, 애들한테 맨날 음식 주문을 해 주었던 모습을 내 멋대로 해석하며 재수 없어 하기까지 했다. 그동안 받은 문화상품권이나 유료 프로그램 비용 등의 출처도 새삼스레 의심스러웠다.

호랑조랑과의 합방 영상을 보자 미호가 생각났다. 아니, 이전부터 계속 생각하고 있었다. 정후 엄마한테 전화를 받고 나서부터는 미호가 더 그리웠다. 명제에게 이 일을 선뜻 말하지 못하는 건 같은 학교라서만은 아니었다. 명제의 반응이 어느 정도 그려지기 때문이었다. 나는 내 이야기를 있는 그대로 들어 주고, 내 마음을 이해해 줄 친구가 필요했다. 미호는 그렇게 할 아이였다. 나는 미호에게 몇 번이나 톡을 쓰다가 지웠다. 그러면서 계속 원본 영상을 보았다.

방학 때 찍은 영상에서 카메라를 세팅해 놓고 서빈이가 잠시 자리를 비우는 장면이 나왔다. 편집할 땐 본격적인 촬영 전이라 보지 않고 건너뛴 곳이었다. 아람이와 태하는 피자를 앞에 둔 채

각자의 휴대폰을 보며 킬킬거렸다.

"근데 이거 혹시 문제 되는 거 아냐?"

아람이가 휴대폰을 보다 문득 걱정하는 표정으로 말했다.

"쫄 거 없어. 방 폭파했다 다시 들어가면 돼. 이번 거 호구 제대로 잡지 않았냐."

태하는 여전히 자기 휴대폰에 시선을 둔 채 말했다. 위에서 무언가가 내 머리카락을 강하게 잡아당기는 것 같았다. 정후를 찍은 영상을 말하는 게 분명했다. 정후를 세상 끝으로 내몬 그것.

"존나 웃겨."

실실 웃는 태하에게 죄책감 따위는 한 톨도 없어 보였다.

"불쌍한 정후야."

킥킥거리는 아람이도 마찬가지였다. 나는 허겁지겁 그 영상의 편집본을 열어 보았다. 'K-중학생의 슬기로운 방학 생활 3'은 피자를 앞에 두고 서빈이, 아람이, 태하가 나란히 앉아 있는 장면으로 시작되었다.

"안녕하세요? 오늘도 저희 셋은 과외를 했어요. 여러분께 다른 그림도 보여 드리고 싶은데 코로나 때문에 할 수 있는 게 없네요. 코로나 정말 미워요. 오늘도 친구가 우리와 함께하지 못해 미안하다고 피자를 두 판이나 보내 줬어요."

서빈이가 밝은 얼굴로 말하자 태하와 아람이도 조금 전 대화는 아예 없었다는 듯한 표정으로 손을 흔들며 정후에게 고맙다고 했다. 화면 위쪽의 풍선에서 정후가 웃고 있었다. 웃는 얼굴을 찾느라 애썼던 게 떠올랐다.

나는 전혀 몰랐다고 할 수 없었다. 자기네끼리의 일이려니 하고 대충 흘려들으며 신경 쓰지 않았을 뿐이었다. 내가 그랬기 때문에 아이들은 거침없이 말하고 행동한 영상을 거리낌 없이 내게 보내 주었던 거다. 내가 알아서 잘라 낼 줄 알고…….

또 다른 원본 영상에서는 서빈이까지 비슷한 대화를 나누는 장면이 있었다. 나는 영상 보기를 멈췄다. 편집이라는 구실로 내가 잘라 낸 것들이 무엇인지 더 알기가 두려웠다. 내가 정후 영상을 찍은 것도 아니고, 나는 그 영상을 본 적도 없다. 그 애들도 나한테 모른다고 하면 된다고 한다. 나는 계속 모르고 있으면 된다. 정후 엄마가 변호사, 증거 수집 운운하는 걸 보면 학폭위에 신고하려는 것 같은데 괜히 나섰다가 골치 아픈 일에 휘말릴 수도 있고 생활기록부에 남을 수도 있다.

멍하니 앉아 있는 사이 컴퓨터의 절전모드가 작동해 화면이 꺼졌다. 검은 화면에 다시 내 얼굴이 떠올랐다. 어렴풋한 모습은 정후 같아 보이기도 했다. 나는 정체가 불분명한 검은 화면 속의 인물과 대치하듯 한참을 마주 보았다. 아빠 말이 생각났다.

"비리를 관행이라고 생각하면서 눈감았다면 결국은 나도 비리를 저지르는 사람이 됐겠지. 그럼 계속 너나 네 엄마, 그리고 나 자신한테 부끄러웠을 거야."

언젠가 엄마 아빠가 창피함과 부끄러움이라는 단어를 놓고 이야기한 적이 있었다. 엄마는 사전적인 의미는 비슷할지 몰라도 창피함은 외부와 연결되고, 부끄러움은 내면과 연결된 감정 같다고 했다. 아빠는 부끄러움은 사유할 줄 아는 사람이 가질 수 있는 감정이며, 그게 사람을 인간답게 하는 거라고 했다.

"너나 네 엄마, 그리고 나 자신한테 부끄러웠을 거야."

아빠 말의 대상을 바꿔 되뇌어 보았다.

'엄마나 아빠, 그리고 나 자신에게 부끄러웠을 거야.'

그 말이 계속 마음속을 맴돌았다.

너를 위한 B컷

보건소에서 돌아온 엄마는 곧바로 방으로 들어가서 나오지 않았다. 검사 결과는 사흘 뒤에나 알 수 있다고 했다. 작은방에서 지내는 아빠까지, 우리는 서로 다른 행성에 떨어져 있는 것처럼 각자의 공간에서 톡으로 교신했다.

나는 방에 틀어박혀 계속해서 원본 영상을 보았다. 사실 나는 이미 알고 있었다. 서빈이는 저절로 빛을 내는 일등성 같은 아이가 아니라는 걸. 서빈이 부모에게는 큰아들이 최고였고 서빈이는 성에 안 차는 자식이었다. 서빈이는 자기 존재감을 드러내기 위해 안간힘을 써야 하는 아이였고, 나는 그런 서빈이를 동경하면서 연민을 느꼈다. 그리고 서빈이가 남들에게 보여 주고 싶어 하는 모습, 내가 원하는 그 애의 모습으로 연출하기 위해 애썼다. 영상 속 서빈이가 눈을 찡긋하며 가위질하는 시늉을 하면 나를 그만큼 신뢰하는 것 같아 기쁘기까지 했다. 그렇게 나는 모든 것을 잘라 냈다. 서빈이가 아람이와 태하 위에 군림하고, 정후를 괴롭히며 존재감을 과시하는 모습들까지. 그러고는 스스로를 유능한 편집자로 여기며 뿌듯해했다.

나는 당시엔 불필요하다고 잘라 냈던 B컷 영상들을 모아 다시 편집하기 시작했다. 서빈이를 위한 마지막 편집이자 정후를 위한 첫 편집이었다. 버리고 감추었던 진실을 복원하는 작업이기도 했다.

편집을 끝낸 다음 서빈이에게 보내는 메일 창을 열어 그 영상을 첨부하고 편지를 썼다. 그동안 유튜브와 연관된 사무적인 대화만 주고받았지 마음을 담은 메일은 처음이었다. 나는 수십 번 쓰고 지우고 고치고 다시 쓴 끝에 메일을 완성했다.

하지만 보내기 버튼을 누르기는 쉽지 않았다. 전송하는 순간 내 일상에 금이 가고, 끝내는 허물어질 것 같았다.

나는 그 메일을 임시보관함에 넣어 두었다.

단기 방학 마지막 날인 5월 5일 오전에 엄마의 검사 결과가 나왔다. 음성이었다. 우리 가족은 다 함께 부둥켜안고 방방 뛰었다. 마침 아빠도 휴무일이라 점심에 가족 회식을 하기로 했다.

아빠는 며칠 입맛을 잃었던 엄마를 위해 새콤달콤한 골뱅이 소면을 만들었고, 엄마는 나를 위해 치킨을 시켜 주었다.

"그냥 골뱅이 소면만 먹어도 되는데……."

내 입에서 이런 말이 나올 때가 있다니.

"오늘 어린이날이잖아."

앞치마를 두른 아빠가 말했다.

"우리 집에 어린이도 없는데 뭐."

"왜 없어. 마이 썬, 너는 엄마 아빠의 영원한 어린이야."

엄마가 내 어깨를 끌어안고 뺨에 뽀뽀를 했다.

"왜 이래, 징그럽게."

엄마를 밀어 내며 뺨을 닦았지만 싫지 않았다.

"맨날 혼자 좀 있어 보고 싶다더니 소원 풀었어?"

아빠가 웃으며 엄마에게 물었다.

"좀 불안한 거 빼고는 나름 괜찮았어."

"방에서 혼자 뭐 했어?"

내 인생 최고로 힘들었던 시간에 엄마는 뭘 하고 있었는지 궁금했다. 엄마는 이제 한시름 놓았지만 내 상황은 아직 진행 중이었다.

"그동안 못 본 책도 보고, 밀린 드라마들도 정주행해서 봤지. 그런데 이상하더라."

"뭐가?"

"현재를 배경으로 한 드라마인데 코로나의 코 자도 안 나와. 온 세상이 코로나 때문에 난린데 아예 없는 일처럼 시치미 떼니까 이상한 느낌이 들더라고."

나도 했던 생각이었다. 뉴스에선 큰일 난 것처럼 코로나 소식을 전하는데 어쩌다 드라마를 보면 그런 일이 없는 것처럼 일상을 그렸다. 서빈이와 아람이, 태하도 마찬가지였다. 정후가 병원에 입원까지 했는데도 아무 일 없는 것처럼 굴었다.

메일 임시보관함에 넣어 둔 영상은 아무 일 없는 게 아님을 증명하는 것이었다. 하지만 내게 그 영상과 메일이 불러올 파장을 감당할 힘이 있을까. 서빈이가 받아들이지 않으면? 정후에게 또 다른 상처가 되면 어쩌지? 임시보관함 속의 메일이 인생의 숙제처럼 무겁게 느껴졌다.

가족 회식을 마친 뒤 엄마 아빠는 영화를 보고 나는 방으로 들어왔다. 환하고 평화롭던 현실에서 무서운 꿈속으로 들어온 것 같았다. 아니면 환하고 평화로운 게 꿈이고, 무서운 게 현실이거나. 나는 미호에게 통화할 수 있는지 묻는 톡을 써 놓은 채 망설이다 눈을 질끈 감고 전송했다. 미호에게서 바로 전화가 왔다.

"최선, 무슨 일 있어?"

미호는 두 번이나 고백을 했다 차인 내가 아무 일 없었던 듯 연락할 수 있는 애가 아니란 걸 알고 있었다. 나는 참았던 숨을 내뱉듯이 지금까지 있었던 일을 모두 이야기했다. 임시보관함에 넣어 둔 영상과 메일 내용까지. 미호는 조용히 내 말을 들어 주었다. 다 털어놓은 것만으로도 숨 쉴 구멍이 생기는 것 같았다.

"서빈이한테 그 메일을 보내는 게 겁나."

"최선, 힘내. 너는 서빈이가 먼저 잘못을 시인하고 용서를 빌 기회를 주려는 거잖아. 그걸 알아먹을 앤지 아닌지는 서빈이에게 달려 있어."

미호는 용기를 낸 내가 멋있고 자랑스럽다고 했다. 속을 모두 털어놓은 자리에 무언가가 가득 차는 느낌이었다.

"고마워, 내 얘기 들어 줘서."

"고맙긴. 친구끼리 당연한 거지. 그리고 먼저 연락해 줘서 고마워."

"그렇게 말해 줘서 고마워."

우리는 도돌이표처럼 이어지는 '고마워.'를 깨닫곤 동시에 킥킥거렸다.

"이러다 밤새우겠다. 다음에 또 통화하자. 잘 지내."

내가 먼저 작별 인사를 하고 전화를 끊으려는데 미호가 "잠깐만." 했다. 그러고는 잠시 머뭇거리다 말했다.

"최선, 나도 너한테 말할 거 있어."

"뭐든지 말해. 다 들어 줄 테니까."

나는 휴대폰을 고쳐 잡았다. 미호가 그런 것처럼 나도 미호의 말에 진심으로 귀 기울여 주고 싶었다.

"……실은 나, 좋아하는 애 있어."

전혀 예상하지 못했던 말에 어떤 감정을 느낄 틈도 주지 않고 미호가 이어 말했다.

"최선, 나…… 윤조 좋아해."

뭐? 윤조? 너, 그럼……! 소용돌이치는 말이 입 밖으로 튀어나오기 전에 간신히 꿀꺽 삼켰다.

문득 얼마 전에 인터넷에서 우연히 읽은 성 소수자 인터뷰가 떠올랐다. 그가 바라는 건 자신 같은 사람들이 존재한다는 사실을 있는 그대로 받아들여 주는 거였다. 그리고 성 소수자는 세상에 AB형만큼이나 많다고도 했다. 과장이라고 생각했는데 그 또한 내 생각으로 세상을 편집해서 본 탓이었던 거다.

용기 내서 말한 미호에게 내가 그랬던 것처럼 이해받는 느낌이 들게 해 주고 싶었다. 하지만 내가 무슨 말을 꺼내기도 전에 미호가 먼저 말했다.

"미안해. 나, 너 이용했다."

"그게 무슨 소리야?"

윤조를 좋아한다는 걸 깨달았을 때 미호는 많이 당황하고 혼란스러웠다고 했다. 그래서 자기 감정을 확인해 보려고 이런저런 시도를 해 보았다. 서빈이들과의 합동방송도 그렇고, 호랑조랑을

중단하고 윤조와 다른 학원을 다닌 것, 나와 방 탈출 카페에 갔던 일이 모두 그런 시도였다.

나는 미호의 이용 대상이었다는 게 조금도 기분 나쁘지 않았다. 그럴 수 있을 만큼 내가 편한 친구였다는 게 오히려 기뻤다.

"윤조도 너랑 같은 마음이야?"

나는 조심스레 물어보았다.

"실은 윤조가 먼저 고백했어."

미호가 수줍은 어조로 말했다.

"그래서 너희 지금 사귀는 거야?"

"응. 사귀어. 너한테 제일 처음 말하는 거야. 우리 유튜브 다시 시작할 거다. 너, 호랑조랑 편집자 할래?"

"시켜만 주면 땡큐지! 암튼 축하해. 파이팅이다!"

"너도 파이팅!"

우리는 서로를 응원하며 전화를 끊었다.

그사이 우리 반 단톡방에 담임 선생님의 톡이 올라와 있었다. 단기 방학 마무리 잘하고 내일 기쁘게 만나자는 내용이었다. 방학이 끝났어도 여전히 꺼져 있을 정후의 검은 화면이 떠올랐다. 그 화면이 다시 켜질 수 있도록 힘껏 돕고 싶었다. 내가 해야 할 일이기도 했다. 이 일이 어떻게 진행되든 담대하게 겪어 나가자고 스스로에게 주문을 걸었다.

나는 메일 임시보관함을 열었다. 그러고는 서빈이에게 써 두었던 메일을 다시 읽어 보았다.

서빈아, 정후가 아프대. 너희가 찍은 영상 때문에 죽으려고 했대.

나도 이렇게 무섭고 떨리는데 서빈이와 아이들은 더하겠지. 그게 단지 생활기록부에 기록이 남을까 봐, 부모님이나 선생님에게 혼날까 봐서가 아니기를 바랐다.

첨부한 영상은 니들 겁주려고 만든 게 아니야.

서빈이는 날 어떻게 생각했는지 몰라도 나는 써빈로긴의 편집자인 게 기쁘고 자랑스러웠다. 그런 만큼 서빈이와 아이들에게도 애정이 있었다. 그랬던 아이들에게 기회를 주고 싶었다. 내가 잘라 냈던 B컷 영상 속의 자신들을 거울처럼 비춰 보며 잘못을 깨닫기를 바랐다.

또한 나 자신에게도 기회를 주고 싶었다. 아빠는 불의를 참지 않은 탓에 직장을 잃었지만 가족은 잃지 않았다. 무엇보다 자신을 잃지 않았다. 정후가 까만 화면과 목소리를 켜지 않는다면 나는 평생 후회하며 살게 될 것이다. 나와 엄마 아빠에게 부끄럽지 않은 사람이 되고 싶었다.

나는 너희들이 잘못을 깨닫고 정후에게 진심으로 사과하기를 바라. 벌 받을 거 있으면 받고. 나도 책임질 일이 있으면 피하지 않을 거야.

나는 일주일 뒤에 이 영상을 정후 엄마랑 우리 담임 샘한테 보낼 생각이야. 그 전에 네가 할 일을 하지 않는다면 말이야. 이 일이 우리 모두를 위해서라는 걸 알아주길 바라.

너의 친구 선우가

나는 심호흡을 하고, 보내기 버튼을 눌렀다. 심장이 폭발할 것처럼 뛰었다.

서빈이는 내 메일을 받고 아무런 답을 하지 않았다. 초조함과 불안함 속에서 하루하루가 일 년처럼 더디게 흘렀다. 날마다 비대면 수업에서 보는 정후의 줌 화면도 밝아지지 않았다.

내가 좀 더 일찍 알아차리지 못한 게 후회스러웠다. 써빈로긴 영상을 편집할 때 문제가 될 만한 아이들의 언행과 함께 매사에 시큰둥해 보이는 정후도 잘라 냈다. 어쩌면 정후가 온몸으로 보내는 신호였을 수도 있는 모습을 편집해 버렸던 거다.

정후의 일뿐만 아니라 세상엔 이런저런 잣대에 맞춰 편집된 세계가 얼마나 많을까. 당장 내 곁의 미호부터도 자신 같은 사람을 잘라 내고 싶어 하는 세상에서 살아가고 있다.

미호는 알고 난 뒤의 행동이 더 중요한 거라며 자책하지 말라고 했다. 미호의 응원에도 정후 엄마와 담임 선생님에게 직접 메일을 보내는 일은 피하고 싶은 게 내 솔직한 심정이었다.

얼마나 걱정이 되는지 식욕까지 사라질 정도였다.

"썬, 너 요새 무슨 일 있어? 얼굴이 반쪽이야."

"왜? 미호랑 뭐가 잘 안 돼?"

엄마는 오버했고, 아빠는 헛다리를 짚었지만 예전처럼 짜증 나지만은 않았다. 나는 오해가 더 커지기 전에 그동안의 일을 다 털어놓았다.

엄마 아빠는 근심 어린 표정을 감추지 못하면서도 내가 한 행동을 칭찬해 주었다.

"엄마 아빠가 언제나 네 편인 거 알지?"

엄마의 말에 아빠는 주먹을 불끈 쥐며 파이팅을 외쳤다.

"아이고, 아주 정의 부자 나셨어."

엄마가 아빠에게 장난스레 눈을 흘기더니 나를 보고 말했다.

"그동안 혼자 힘들었겠다, 아들."

엄마의 말에 눈물이 왈칵 쏟아지려고 했다.

서빈이에게 주었던 기한을 하루 앞두고, 드디어 정후 엄마한테서 전화가 왔다. 통화 버튼을 누르는 손가락이 마구 떨렸다. 정후 엄마는 착잡한 목소리로 아이들이 자기네가 한 짓을 고백하고 용서를 빌었다고 했다.

"네가 서빈이한테 메일 보냈다면서. 너도 쉽지 않았을 텐데 용기 내 줘서 고마워."

긴장이 풀린 몸이 허물어지듯 의자 위에 놓였지만 마음은 온갖 감정으로 휘몰아치고 있었다. 나는 가장 궁금한 걸 물었다.

"정후는 어때요?"

정후 엄마가 한숨을 쉬었다.

"네가 서빈이한테 메일 보낸 거 알고부터는 조금씩 나아지고 있어. 애들도 징계를 받을 예정이야. 모르는 척하지 않고 나서 줘서 정말 고맙다."

정후 엄마 말끝에 물기가 배어 있었다. 그 일을 하기까지 고민하고 떨었던 걸 생각하니 조금은 후련했고, 조금은 민망했고, 많이 미안했다.

"정후가 건강하게 돌아오길 기다릴게요."

진심이었다.

그 뒤로 2주일이 흘렀다. 어느덧 첫 등교일이 내일로 다가왔다. 여전히 팬데믹 상황이고, 등교와 원격수업을 격주로 병행하는 불안정한 시작이지만 학교에 간다는 것만으로도 설렜다.

나는 내일 입을 교복을 꺼내 옷장 문고리에 걸어 두었다. 정후도 올까? 만나면 내가 먼저 인사해야지. 학교 일정은 코로나 상황에 따라 언제 또 어떻게 바뀔지 모른다. 아무리 변동이 잦아도 확실한 건 우리의 삶은 진행된다는 거다. 멈춰 선 동안 아무것도 안 한 것 같아도 우리는 살아가고, 변하고, 자라는 중이다. 그 사실은 이 세상 그 누구도 편집할 수 없는 진실이다.

작가의 말

⋙ 편집된 이야기

한때 블로그를 열심히 한 적이 있었다. 이런저런 일상을 올리고 독자들과 댓글로 소통하는 일이 그렇게 재미있을 수가 없었다. 그 당시 나는 무엇을 하든지 블로그에 올릴 것부터 염두에 두었으며 게시글을 작성하고, 블로그를 꾸미는 일에 많은 시간과 공을 들였다. 나도 모르는 새 내 일상을 편집해서 전시하고 더 나아가서는 과시하는 삶에 몰두하고 있었던 거다. 다행히 그 사실을 늦지 않게 깨달아 SNS로부터 자유로워질 수 있었다.

새로운 형태의 SNS 플랫폼들이 속속 등장했지만 큰 관심을 두지 않았다. 시대와 아이들의 트렌드를 따라잡지 못하는 게 걸리기는 했지만 속도를 맞출 여력이 없었다. 그러면서도 언제부턴가 일상 속으로 들어온 '편집'이라는 단어에 내포된 의미가 계속 신경 쓰였다.

출판사로부터 단편소설을 청탁 받았을 때 나는 오랫동안 궁굴려 온 '편집'에 관한 이야기를 해 보기로 했다. 그때 내 책상 앞에는 오려 놓은 지 오래돼 색이 바랜 신문 기사가 있었다. 이스라엘과의 분쟁으로 다리 한쪽을 잃은 팔레스타인 청년의 뒷

모습을 찍은 사진 기사였다. NGO 단체를 통해 후원하던 팔레스타인 소년이 18세가 돼 후원이 종료된 뒤였기에 불안하고 무거운 마음으로 오려 두었던 것이다. 나는 청년이 된 아이의 안녕을 기원하는 마음을 단편소설 「편집」(『희망의 질감』, 문학동네, 2022)에 담았다.

그리고 출판사로부터 그 작품을 장편소설로 확장해 보면 좋겠다는 권유를 받았다. 흔쾌히 그러겠다고 한 건 단편소설이라는 분량과 특성에 맞추느라 편집된 이야기를 더 해 보고 싶었기 때문이다.

작가인 내게 '편집'이란 출판 용어는 더할 수 없이 친숙하고 긍정적인 의미를 지닌 단어였다. 세상의 모든 책들은 편집의 과정을 거치며 완성도를 높인다. 방송 분야도 마찬가지다. 우리가 보는 TV 프로그램들은 거의가 연출자의 의도에 따라 편집된 것이다. 이렇듯 전문적인 분야였던 '편집'은 누구나 자기 SNS의 창작자이면서 편집자가 될 수 있는 세상이 오면서 일상적이고 일반적인 영역으로 확장되었다.

영상 편집에 흥미를 가진 선우를 통해 편집이 일상화된 세상에 대해 고민해 보고자 했다. 그리고 사람들이 편집해 버린 B컷에는 무엇이 있을지 들여다보고 싶었다. 한 사람의 진실, 더 나아가 삶의 진실은 자랑스레 내보인 A컷이 아니라 오히려 숨긴 B컷 속에 있지 않을까.

소설의 시간적 배경은 코로나 팬데믹이 시작되던 2019년 말에서 처음 겪는 일들로 일상이 마구 흔들리던 2020년 5월까지이다. 굳이 그 시기를 배경으로 한 이유는 한 번도 경험해본 적 없는 재난에 어른들이 우왕좌왕할 때 아이들이 느꼈을 혼란과 불안을 기록해 두고 싶어서였다. 하지만 이 소설 또한 편집된 이야기이다. 독자들께서 소설의 행간과 이면에 감추어진 이야기까지 함께 읽어 주시길 바란다.

이 책이 나오도록 함께 고민하며 애써 주신 모든 분들께 고마움을 전한다. 아울러 새 작품을 기다려 주신 독자들께도 깊은 사랑과 감사의 마음을 보낸다.

2023년 여름, 이금이

너를 위한 B컷

1판 1쇄 2023년 6월 5일 | 1판 7쇄 2024년 5월 20일
글쓴이 이금이 | 책임편집 강지영 | 편집 곽수빈 원선화 이복희 | 디자인 장혜미
마케팅 정민호 서지화 한민아 이민경 안남영 왕지경 정경주 김수인 김혜원 김하연 김예진
브랜딩 함유지 함근아 고보미 박민재 김희숙 박다솔 조다현 정승민 배진성
저작권 박지영 형소진 최은진 서연주 오서영
제작 강신은 김동욱 이순호 | 제작처 영신사
펴낸곳 (주)문학동네 | 펴낸이 김소영 | 출판등록 1993년 10월 22일 제2003-000045호
주소 10881 경기도 파주시 회동길 210 | 전자우편 kids@munhak.com
홈페이지 www.munhak.com | 카페 cafe.naver.com/mhdn
북클럽 bookclubmunhak.com | 트위터 @kidsmunhak | 인스타그램 @kidsmunhak
대표전화 (031)955-8888 팩스 (031)955-8855
문의전화 (031)955-3576(마케팅) (02)3144-0730(편집)
ISBN 978-89-546-9347-9 03810
잘못된 책은 구입하신 서점에서 교환해 드립니다. 기타 교환 문의: (031)955-2661, 3580